双頭の鷹と砂漠の至宝

ふゆの仁子

三交社

CONTENTS

Illustration

笹原 亜美

双頭の鷹と砂漠の至宝

本作品はフィクションです。
実際の人物・団体・事件などにはいっさい関係ありません。

1

果てしなく広がる地平線を、水着姿で豊かな水に満たされたプールに浸《つ》かりながら眺めていると、槇至宝《まきしほう》は自分が今灼熱《しゃくねつ》の太陽に焼かれる砂漠のど真ん中にいることを忘れそうになる。

見上げれば、満天の星。子どもの頃に訪れた、母方の実家で見た夜空を思い出す。

親の仕事の都合で、アメリカで生まれた。しかし小学校二年のとき、母方の実家のある岐阜の家に数か月間、預けられたことがあった。年の離れた弟の生まれる前後、母の体調があまりよくなかった上に、父が多忙だったせいらしい。

祖父母は優しかったが、両親と初めて長期に亙《わた》って離れて暮らすことで、不安や寂しさでいっぱいになっていた。

ある夜、寝つけずに空を見上げて驚いた。まるで降ってくるかと思うほど、星がたくさん瞬いていたからだ。

親の仕事の都合で暮らしたアメリカでは、都市の中心にあるマンションで過ごしていた。

だから槙は、これほどの星空を見るのは初めてだった。

降ってきそうな星空に魅了されて、天文学に詳しかった祖父にたくさんの星座を教えてもらった。

そのうちのひとつが、アルデバランだ。

オリオン座の真ん中に位置する三つの星を右側に延長した先にある、明るい星。

おうし座を作る星のひとつだ。

が、空を見上げて過ごしたのはそのときだけだ。年齢を経るごとに次第に空を見上げる機会は減っていき、高校生になって日本に帰国したものの、空を見上げても星座も覚えているのは僅《わず》かしかない。

そんな中、覚えていた星と同じ名前の都市に今自分がいることに、槙は不思議な感覚を覚える。

アラビア語のアッ・ダバラーンという「後に続くもの」という意味を持つ「アルデバラン」は、中東の小国であるヘイダルの首都である。

紀元前のペルシアにおいては、四つの方角と四季の空を支配する「ロイヤル・スター」と呼ばれるひとつ、東の王「アルデバラン」は秋の支配者でもあるという。

かつてヘイダルはデネボラという首長国の一部族に過ぎなかった。しかし日本企業が参加したボーリング調査により石油発掘に成功したことをきっかけに、一九六〇年代後半に独立した。

それゆえいまだ日本との関《かか》わりは深い。石油輸出国第一位は日本であり、ヘイダルの近代化においても、日本の企業の多くが参加している。

槙が三十歳になったのを機に転職した大手ゼネコンも、そのうちのひとつだ。

その結果、かつて砂漠の民が暮らしていた国は、今や超のつく高層ビルが立ち並び、先進国の企業が押し寄せる、中東一、二位を争うほどの近代国家となった。そして今もとどまることを知らず、ヘイダルは急速に進化しつつある。

こんなふうに砂漠のど真ん中に豊かな水があるなど、かつてなら信じられないだろう。だが今は砂漠に建設された最高級リゾートホテルには、豊かな水を蓄えたプールが当然のように作られている。

砂漠の色と同化するリゾートホテルのメイン棟は、周囲に溶け込む楼閣のような外観をしている。ゲストルームはベドウィンの住居のように天井はテントで覆われているが、中に入るとその豪華さに驚かされる。

個々の部屋にはリビングルームとベッドルームがあり、バスルームは広くゆったりとしている。槙はこれだけの部屋を一人で使用する贅沢《ぜいたく》さと寂しさを味わう。

バカンスの時期には、多くのセレブで賑《にぎ》わっているのだろうが、十月になったばかりのタイミングだからか、それとも深夜近くのせいか、広大なプールで泳いでいるのは槇一人しかいない。まさに、プライベートプールと化している状態の、なんという贅沢なことか。プールサイドにあるバーも、槇のためだけに営業されている。

濡《ぬ》れた前髪をざっとかき上げてから、仰向けで水に浮かんで空を見上げる。

日常生活において眼鏡《めがね》が必要な槇の視界は、今は全体的にぼんやりとしていた。それでも空を満天の星が覆っているのはわかる。

槇が初めてヘイダルを訪れた七月の終わりの頃、昼間の気温は四十度近くなるほどだった。強い陽射しは、立っているだけで汗が出る。

大学卒業後に入社した商社時代、大半を海外で過ごしたものの、中東を訪れたのは今回が初めてだ。

それゆえ、文化も生活習慣も異なる場所での仕事と生活に日々追い立てられているうちに、気づけば二か月が過ぎていた。

高層ビルが立ち並ぶ中心地から車で二時間も走れば、砂漠に辿《たど》り着く中東の小国では、多くの人々は、カンドゥーラと呼ばれる白い長袖の長衣に身を包み、正式な場ではその上にビシュトと呼ばれる黒の上着を羽織り、頭にはクーフィーヤという布を被《かぶ》り、イカールという黒の革の紐《ひも》で押さえている。その格好で自動車を運転し、食事をし、政治を執り行い仕事をする。

　基本的にアルコールを飲まず、ミントティーを愛し、水煙草《みずたばこ》を嗜《たしな》み、年に一度一か月もの間、太陽の上っている時間には飲み食いをしないストイックさを持ち合わせた人々は、様々な外国で過ごし様々な人々と仕事を行ってきた槙にとっても、不可思議で興味深い存在だった。

　十月頭になって、昼間の暑さが少し和らぎ、ヘイダルの生活にも慣れてきたタイミングで、取引先である政府系企業であるヘイダル・パワーが主催する懇親会に招待された。

　砂漠の真ん中にある、高級リゾートホテルで開催されるため、前日からの宿泊も可能とのこと。

　果たして仕事を始めて二か月の自分が、こんな会に参加していいものかと悩んでいると、上司であり、槙を今の会社に引き抜いた芝瑞樹《しばみずき》はあっさり言い放った。

「当然だ」と。

　細身ですらりとした体格の槙とは対照的な、学生時代にラグビーをやっていたという、全体的にがっしりとした体の持ち主である芝曰《いわ》く、ヘイダルではこの手の会は頻繁に行われるらしい。懇親会自体、気楽に飲み食いしていてよい上に、その時間以外は自由に過ごして構わないのだという。

そう言うからには、芝も当然参加するものだと思っていたが、予想に反して欠席するそうだ。

理由は、既に何度も参加しているからということ。

かつ、この手の懇親会は、槇のように新規でヘイダルで仕事を始めた人がターゲットになっているためらしい。

さらに芝はこうつけ加えてきた。

「お前ほどの独り身の美形は、俺なんかと一緒に参加するよりも、一人で参加したほうが絶対にいい」

芝は、彼の父親が石油会社の重役だったため、槇と同じく日本よりも海外での生活が長いせいか、自由奔放で豪胆な性格の持ち主だ。槇自身、かなり前向きな楽天家だと思っていたが、芝には敵《かな》わない。仕事ができる上に他人とのコミュニケーション能力にも長《た》けているところは尊敬している。アジアでの仕事で芝に出会って、この男と仕事してみたいと思うぐらいに、魅力的な人物だったのだ。

しかしいざヘイダルを訪れてみると、芝とはまったく仕事での接点がなかっただけでなく、プライベートでも関わりがない。正直に言えば、ほんの少しだが槇は落胆している。

積極的に自分を彼の会社に誘ってくれたことから、もしかしたらと心のどこかで芝に期待していたのだ。

互いに三十を超えるいい歳《とし》した大人の男だ。芝に至っては見た目はいまだ若く、体つきも見惚《みと》れる体軀《たいく》だが、来年不惑の年齢となる。

カミングアウトはしていないものの、芝がゲイもしくはバイだろうことは明らかで、槇に至っては本人の前で好意があることをかなりアピールしてきたつもりだ。

にもかかわらず、芝からなんのリアクションもないのは、脈なしということなのだろう。

「……まあ、仕方ないか」

誰《だれ》に言うでもなくぼやいた槇が転職した理由は、芝に誘われたからだけではない。当時、社内恋愛中の男が、結婚すると聞いたからだった。

芝の言うように、槇はいわゆる「美形」と称される部類の顔立ちの上に、一八〇に若干欠ける長身で、健康のため週に数度ジムに通って体も鍛えているが、筋骨隆々ではない。どちらかといえば着痩《きや》せして見える容貌《ようぼう》は、男女問わずもてた。

自分がゲイだと明確に認識したのがいつだったかよくわからない。だが高校時代に日本に帰国した時点ではもう、男が好きだった。

普段かけている細身の眼鏡やノーブルな印象のルックスゆえ、禁欲的なタイプに思われがちだが、気に入った相手とはとりあえずセックスしてみるというパターンが、この段階ではもうできあがっていた。

決まった相手がいるときでも通りすがりの相手との情事を試すために、つき合いは長く持たない。体と心は別物だとする槇の考えを、理解してくれる人は少ない。だから、転職前に振られた相手とも、二か月前につき合ったばかりだった。

振られた事実を同情してくれる人もいたが、槇の悪評が仲間内に広がっていたこともあり、心機一転する必要があったというのが実情だ。

芝に対しても、ちょっと興味がある程度だったが、まったく相手にされないとそれはそれで気になってしまう。

「こんなだから駄目なんだな」

二十代の頃は自由気ままな生活を楽しんできたが、さすがに三十代になってから、今までの自分を顧みるようになっていた。誰かとつき合いながら他の人に興味を持ってしまうのは、それだけ好きではないからではないか、と。

これまで肌を重ねた相手のことは、すべて「好き」だった。でもその「好き」の度合いが、軽いものだったのかもしれない。

たった一人、焦がれるような想いを抱いたことのない己を今さらながらに自戒しつつ、槙はゆったり水の中を泳ぎ、ロッジ風の小さなバーまで向かう。

正方形のうちの二辺がプール側に、一辺が地上側に向けられたバーのカウンター席に座って、ジントニックをオーダーした。

ヘイダルは他の中東国と比較すると、戒律が緩やかだ。しかし飲酒が許されているのは、ヘイダルの宗教を信仰していない外国人に限られる。かつ、政府の許可証を有するホテルやバーでのみだ。

中東を訪れるにあたって覚悟してきたつもりだったが、好きなときに酒を飲めないというのは、思っていた以上にストレスだった。

だから久しぶりのアルコールは、心地よく喉元《のどもと》を通り過ぎていく。

「ああ、美味《うま》い」

そのままの勢いで一気に飲んで二杯目をオーダーしようとしたとき、手元にジントニックの新しいグラスが置かれた。カランと揺れる氷の音に顔を上げると、左側から差し込んでいた星の光が遮られる。

一瞬にして生まれる闇《やみ》に浮かび上がったのは、浅黒い肌ゆえに際立つ、仄《ほの》かな香りを漂わせる純白の長衣を身に着けた背の高い男だった。

同じく純白のクーフィーヤで覆われている上に眼鏡がないせいで、男の顔の造作までははっきりわからない。それでも浮かび上がる陰影で、凹凸のはっきりとした顔立ちだろうことは予想できる。

年齢についてはまったく想像がつかない。

濃い顔立ちや口元に髭《ひげ》を蓄えている人も多く、日本人以上にヘイダルの人は年齢不詳なのだ。

「日本からの客人かな」

口元を覆う布のせいでくぐもっているが、低い声にもかかわらずよく通る流暢《りゅうちょう》な英語で槙に聞いてくる。

ヘイダルは様々な国の人が多く働いているせいか、独自の国の言語を持ちながらも、共通語としては英語が用いられている。

「そうです」

槙はグラスを持ち上げて、男に軽く会釈をしてからアルコールを一口含んだ。

「少し話をしても？」

「もちろんです」

躊躇《ちゅうちょ》なく応じると、男は地上側にあるカウンターに腰を下ろす。ふわりと揺れた風に混ざる香りは、衣服に焚《た》き染《し》められたお香だろう。

　こちらの男たちの正装であるカンドゥーラと呼ばれる長衣は、純白であることに意味があるのだとヘイダルに来てから知った。そのため、富裕層や位の高い立場の者ほど、布の質にこだわりを持ち、皺《しわ》や光沢に気を遣い、一日に何度も着替えるらしい。

　身のこなしや醸し出される雰囲気から、自分の隣に座った男がかなりの人物だろうことが、槇にも想像できた。何しろ両指を飾る指輪の宝石が大きい上に、袖口から覗《のぞ》く時計のフェイスにも、キラキラと光るダイヤモンドがちりばめられている。

「日本からこの時期に旅行とは珍しい。日本人は酔狂なことに、最も暑い季節にヘイダルに訪れている」

　どうやら男は槇を日本からの観光客だと勘違いしているようだ。どうせ相手もただの宿泊客だろうから、あえて訂正する必要もない。

「だがヘイダルが一番いいのはこの時期だ。だから君は賢い」

「どうしてこの時期が一番いいんですか？」

　砂漠の国だ。日本と違って四季があるわけではなく、十月になっても三十五度を超える暑さがずっと続く。

「この国の首都の名称を知っているか？」

「アッ・ダバラーン」

正式な発音で応じると、男は意外だったのか僅かに眉《まゆ》を上げてから目元を緩めた。顔の大半を布に覆っていても、笑っているのが感じられる。

「意味は知っているか？」

「『後に続くもの』」

「由来は？」

「プレアデス星団に続いて空に上ってくるから――でしたよね？」

目視で六、七個の星の集まりは確認できる「プレアデス星団」は、日本では「すばる」の名前で知られ、伝説や神話、聖書などに登場している。

「そうだ。よく知ってるな」

「子どもの頃に星に興味があったので」

その記憶がヘイダルに来たひとつのきっかけになっている。

「ならば、アルデバランが秋の支配者と呼ばれていることも知っているか？」

「いいえ。なんですかそれ」

秋の支配者という聞き慣れない言葉に、槙は思わず身を乗り出した。

「富と幸福の前兆とされるアルデバランは、王家の星と称され、秋の支配者とされているのだ」

「王家の星ってなんですか」

子どもの頃には聞いたこともない呼称だ。

「紀元前三千年頃のペルシアでそう称された星があり、四つの方角をそれぞれ守護していたと言われていることから、王家の星、ロイヤル・スターと呼ばれている」

王家の星という言葉に無性に興味を惹《ひ》かれる。

「秋がアルデバランなら、季節ごとの星があるってことですか？」

「知りたいか？」

「知りたいです」

槇が即答するのを待ち構えていたように男はゆらりと立ち上がる。

「ここで話すのもなんだ。場所を変えよう」

そして当然のように槇に手を伸ばしてくる。

スムーズでさりげなく、それでいて完璧《かんぺき》なエスコートに見惚れるのと同時に、槇は初めてもしかしたら誘われているのかもしれないことに気づく。

ヘイダルは他の中東の国とは異なる宗教を信仰をしているが、戒律の厳しさは変わらない。同性愛についても原則禁止されているこの国において、槇のような人間が恋愛の相手を探すのは容易ではない。

こういう場所で気に入った相手がいても、下手に手を出そうものなら、厳しく罰せられかねない状況のため、この二か月の間にすっかり用心深くなっていた。

さらには芝のこともある。

だからヘイダルに赴任している間は、禁欲的な日々を過ごそうかと思い始めていたところだった。

――が、まさか民族衣装にきっちり身を包んだ相手に誘われようとは、予想もしない展開だった。

もちろんまだ油断は禁物だ。

ただ酒を一杯奢《おご》ってもらって、場所を変えて話そうと言われたに過ぎない。

しかし、槇に今向けられている視線を考えれば、ただの勘違いとは言い切れないところがある。

用心しつつ、男の手を借りることなく立ち上がった。

「どこへ行くんですか？」

相手には悟られまいと平静を装ったつもりだったが、質問を繰り返すことしかできない槇の心の声など、見透かされていたらしい。

男はふっと笑う。

「警戒する必要はない。いつまでも君をそんな格好で水に浸かったままいさせるわけにはいかないと思っただけだ」

そう言って男の示した場所は、プールサイドに設置された、天蓋《てんがい》つきのデイベッドソファだった。

「別に警戒なんて……」

過剰反応した気恥ずかしさを打ち消すように早口に応じた槇は、自分から先に男の示した場所へ向かう。

マホガニー材が使用された、落ち着きのある色合いのベッドは、大人の男二人が腰かけても十分な広さがある。

仄かな灯《あか》りに照らされた幻想的な雰囲気の中、サイドテーブルにセットされたシーシャと呼ばれる水煙草の甘い香りが漂ってくる。

ヘイダルに来てすぐ、槇も興味本位でシーシャを試したものの、香りや風味が好みに合わなかった。だが民族衣装を着こんだ人がシーシャを嗜む姿は、まるで物語や何かで見るように似合っているように思う。

「吸わないんですか？」

ソファに座ってから尋ねると、男はその場にあったガウンを槇の肩にかけてから、シーシャの煙の加減を確認しただけで口はつけない。

「今はまだ。私に気にすることなく、飲むといい」

そう答えてから、男は槇に酒を勧めてくる。ガウンを羽織ったことで、自分が水着一枚に対し、男が仰々しいほど着こんでいることを、突然に意識してしまった。妙な気恥ずかしさを紛らわせるべく一気にグラスの中の酒を呷《あお》ると、先に飲んだ酒のせいもあるのだろう、頭が少し回った。

「酒の楽しみを知らなくて、つまらなくないんですか」

沈黙が怖いのもあって、勢いのままに槇は質問をする。

「期待に添えなくて申し訳ないが、私はあいにくと酒の味を知らないわけではない」

「え……？」

「十代半ばから大学卒業まで英国で過ごしている。当時、戒律などクソくらえ！　と、罰当たりなことを言って、悪友たちとパブで遊び歩いたことがある」

肩を揺らしながら過去の悪事を暴露する。

「そんなことをしていいんですか？」

「君だってひとつやふたつ、親や神に言えない秘密はあるだろう？」

細められた目元からは、まるで悪戯《いたずら》が親にばれた子どものようなあどけなさが感じられる。思っているよりも若いのかもしれない。

その気さくさや大胆さ、そしてなんとも言えない可愛《かわい》らしさに、一瞬抱きかけていた警戒心が解けていく。

「親や神に内緒の秘密として楽しんだ酒が、恋しくなることはないんですか？」

「もちろんあるとも」

「そういうときはどうするんです？」

ただの興味と好奇心だった。海外に留学中はともかく、国内で飲酒したいとき、どうするのか。

「さて、どうするのかな？」

そう言ったかと思うと、男はカンドゥーラの下から突然伸ばした腕で槙の腕を掴《つか》み、ぐっと手前に引き寄せた。何をするのかと考えるよりも前に前のめりに倒れた槙の唇に、顔を覆っていた布を外した男の唇が覆いかぶさってくる。

間近に見た男の瞳《ひとみ》は漆黒だと思っていた。しかし光の加減だろうか、微《かす》かに蒼味《あおみ》がかっているように感じられる。

微かに露《あら》わになった髪は、夜の闇を思わせるほどの艶《つや》のある黒色をしていた。

真っ直《す》ぐではっきりとした鼻梁《びりょう》に面長の面差しと涼し気な目元――夜の闇を思わせる

端整な顔立ちを、存分に味わうだけの余裕はなかった。

重なった唇を深くまで貪《むさぼ》られ、奥の奥で絡められる舌は、火傷《やけど》しそうなほどに熱い。

こんなキスは、生まれて初めてだった。

ただ味わわれるというよりも、心までもが吸い尽くされるような、濃厚で激しいキスのあとで唇が離れてすぐ、槇は荒い息を吐き出した。

腕を掴まれたまま、露わになった目の前の男の顔を凝視しようとするが、眼鏡がないせいだけでなく、なぜか視界が曖昧《あいまい》になってくる。それでも必死に焦点を合わせようと試みる槇を嘲笑《あざわら》うように、再び男の唇が重なってきた。

「ん……っ」

口腔《こうこう》内を探られ弄《まさぐ》られる。

これまでしたキスが遊びに過ぎなかったと思わされるほど、激しく淫靡《いんび》だった。

上顎《うわあご》の小さな皺のひとつひとつまで刺激され、歯列の裏側を小刻みに突かれると、そこから唾液《だえき》が溢《あふ》れてくる。

堪《こら》えられずに溢れる唾液が唇から顎を伝って胸元へ落ちていく。生温かい感触に総毛立つ槇の体に、自分以外の男の手が触れてきた。

「……っ」

条件反射のようにびくつかせる体を楽しむように、男は唇を重ねたまま槙の胸元へ手を移動させた。

指先で唾液を伸ばし、濡れたそれで鍛えられた胸元に浮かび上がる突起をぐっと押してくる。

瞬間、腰が弾む。咄嗟《とっさ》に男の腕から逃れようと試みるものの、まったくびくともしない。

「……わかったか」

そして不意に唇を離したかと思うと、何かを確認するように開いた口元を布で覆う。何がわかったのか、脳の芯《しん》の部分がジンと痺《しび》れたような状態で槙が視線で問うと、男は先を続けた。

「酒が恋しいとき、どうやって楽しむか」

魅惑的で扇情的な微笑《ほほえ》みとともに紡がれる言葉で槙は理解する。心を貪るような濃厚なキスは、槙の口腔内に残る酒を味わうためでもあったことに。

「な……っ」

「もちろん、酒の残り香を楽しむだけではない。酒の代わりに私を酔わしてくれる相手を見つけるのも、楽しみのひとつでもある」

太く大きな指先が、槙の胸の突起を摘《つま》んでくる。

「痛……っ」

「デーツに似たこれもまた、酒よりも私を楽しませてくれる」

ナツメヤシという砂漠の過酷な環境下で育つ、「生命の木」と称される木の果実は、栄養価が高い。主に乾燥させたりジャムにして食べる砂漠の民にとって、命の素ともいえるデーツに喩《たと》えながら、男は槙の胸の突起を味わう。

嘗《な》め、舌先で押さえつけ、ぎりぎりまで引っ張られる。

「そんなことしたら、引きちぎれ、る……」

ピリッとした痛みから訴えるものの、槙の腰は小刻みに震えてしまう。

「千切れたときには、私が存分に味わってやろう」

見えない口元が笑っているだろうことが容易に想像できてしまう。そして引きちぎられてもいいかもしれないという、怖い衝動が生まれてくる。

「君も、それを望んでいるようだ」

不意の指摘にはっと息を呑《の》む。男の手がガウンの袷《あわせ》を割り、水着の上から股間《こかん》の膨らみに触れてきていた。

「そこ、は……あ、あっ」

指の一本ずつを巧みに使って刺激されると、たまらずに腰が跳ね上がってしまう。

「や、め……っ」

「酒を飲まずとも、こうして元気で魅力的な相手を可愛がっていれば、酒などなくとも存分に酔える」

「何を、言って……あ、あ……っ」

襲ってくる羞恥《しゅうち》と、混乱した頭の中を回るアルコールのせいで、浅ましいほどに体が反応してしまう。

槇は決して酒に弱くないつもりだった。それなのに、今日はどうしてこんなにも全身に酔いが回っているのか。

頭の上を漂うシーシャの香りを味わうたび、体の中から力が抜けていくような感覚に陥る。その代わりに、下肢から与えられる熱と欲望が、槇の全身に広がっていく。

これまでにしたセックスとも違う。

体の芯から熱せられていくような感覚と、ドロドロに溶けていくような感覚に、まったく我慢が効かない。

「や、だ……あ、あ、あ……っ」

閉じていた瞼《まぶた》を開けば、天蓋の隙間《すきま》から、満天の星が降ってくるように思える。

他に人影はなく、仄かな照明の中、男と二人だけだが、ここは外だ。

いつ、誰に見られないとも限らないとわかっているのに、初めて会ったばかりの相手の愛撫《あいぶ》に高められている。

水着の上から形をなぞるように指先で弄《いじ》られると、たまらなくなった。

「や、め……」

「そういえば、王家の星について知りたがっていたな」

槇の抗議の声に耳を貸すことなく、男はこの状況で場所を移動するきっかけになった質問に答えようとする。

「東の王がアルデバラン。秋の支配者。西の王はアンタレスで春の支配者。さらに南の王のフォーマルハウトは、夏の支配者。そしてレグルスが北の王であり、冬の支配者と言われている」

最後まで言い終えるのと同時に、槇への愛撫の手が強くなる。

根元から先端までぐっとなぞられた瞬間、槇に限界が訪れる。ドクドクと強い脈動が起きた直後、槇の全身を強烈な快感が貫いていく。

あっと思うのと同時に腰が大きく弾み、水着の中で痛いぐらいに高ぶった欲望が爆発してしまう。

「んん……っ」

がくがくと腰が揺れて、内腿《うちもも》が痙攣《けいれん》したように震えた直後、水着の中から白濁した欲望が滲み出てくる。

まるで粗相をしたような激しい羞恥とともに、強烈な睡魔が押し寄せてくる。

「こうやって果実が熟れ乱れる様を見るのは、酒を飲むより楽しい」

満足気な男の言葉に槇はなんとも応《こた》えられない。ただ露わになった男の肩口に描かれた、猛々《たけだけ》しい猛禽類《もうきんるい》を見つめながら、ゆっくりと意識を手放していった。

2

赤く染まった空と砂の地平線に、真っ赤に燃えた太陽が静かに沈んでいく絶景の中で、ホテル主催で鷹狩《たかが》りのアトラクションが行われていた。

赤と白のクーフィーヤに頭を覆い隠した髭を蓄えた男性の指示で、ハリスホークという種類の鷹が自在に空を滑空する。

砂に近い場所を飛び、大空を舞う姿は、ただただ見惚れるほどに美しい。見物客の拍手を聞きながら、槙はミネラルウォーターで喉を潤す。

昼過ぎまで続いていた頭痛はようやく消えたものの、いまだ頭がぼんやりしている。情けないことに、早朝にひどい二日酔いで目覚めたあと、起き上がれずにベッドで過ごしてしまった。吐き気はなかったものの、とにかく頭がぐるぐる回っていた。

かけていた眼鏡を外し目頭を指で摘む。

これまで、決して酒に弱いと思っていなかった分、ダメージが大きい。起き上がれなかったことよりも、昨夜の記憶が曖昧になっているせいで、軽い自己嫌悪に陥っている。

もちろんすべてを忘れたわけではない。

プールでの男との出会いや、プールサイドに移動したことも記憶している。

そして一方的に達《い》かされたところでブラックアウトしていて、次に気づいたら、ホテルの部屋のベッドの上だった。

ちなみに素っ裸で、昨夜着ていた水着は洗面所に置かれていた。

達かされたあとで何が起きたのか、どうやってプールサイドから移動したのか、まったく思い出せなかった。果たして自力で部屋に戻ったのか、プールで出会ったあの男に連れてこられたのかも定かではない。おまけに、強烈な二日酔いに襲われて、一日の半分以上を無駄に過ごさねばならない羽目になった。

これまで酒での醜態はそれなりに晒《さら》してきたものの、昨夜のように記憶がぶっつり切れたのは初めてだった。いい歳をして恥ずかしいと思うものの、槇が後悔しているのは別のことだ。

「……あれは誰だったんだろう」

眼鏡をかけ直して周囲を見回してみるが、それらしき人の姿はない。

昨夜出会った彼が誰なのか、まったくわからないのが悔しい。

あんな時間にプールにいた以上、間違いなく宿泊客だろう。本来なら、一夜限りの行きずりの相手とすべきかもしれない。だが、記憶が曖昧なせいもあって、もう一度会いたかったと思ってしまう。そのぐらい、印象的だった。

全身を民族衣装で覆っているだけでなく、顔の大半も布に隠されていた。にもかかわらず、強烈な存在感や独特の雰囲気は感じられた。それこそ背筋がぞくぞくする色香も漂ってきた。

ヘイダルを訪れて二か月、槇の仕事相手であるヘイダル・パワーは政府系開発公社であり、高層ビルや商業施設などの不動産を担っている。それゆえ、幹部社員の大半が王族関係者であるためか、みな民族衣装を身に着けている。カンドゥーラの上に、背広の上着を羽織っている人もいたが、頭を白や赤と白のチェック柄のクーフィーヤで覆っている。口元まで布で覆っている人はあまり多くない。肌は浅黒く、ほとんどの人が濃い髭を蓄えている。

今も鷹狩りのパフォーマンスを見せている人以外にも、民族衣装姿の男はいる。傍《はた》から見てわかる上質の長衣を身に纏《まと》っているものの、仕草や振る舞いが、彼らと昨夜の男は明らかに違っている。

眼力は鋭く、流暢な英語を操る彼らからは、総じて服に焚き染められた上質の香りが漂っている。

最初のうちは、民族衣装を目にするたびに、自分が中東の国にいるのだと実感したが、さすがに毎日何人もと出会っていると慣れるらしい。当初感じていた非現実感が、最近は当たり前の日常となっていた。

そんな中、彼に出会った。

見慣れたはずの民族衣装が眩《まぶ》しく感じられ、独特の雰囲気を感じた。酒のせいだけでも、その場の雰囲気だけでも、二か月の間、禁欲生活をしていたからだけでもない。

元々ヘイダルは、遊牧民だったという。自在にラクダと馬を操る砂漠の民を祖先に持つかもしれない彼からは、渇いた砂と風の匂《にお》いがした——ような気がした。

具体的に何がそれほどまでに槇を惹きつけたかはわからない。ただ交わしたわずかな会話で、彼が槇の好奇心を引きつけたのは間違いない。

幼い頃に見た、星の名前を彼が口にしたせいか。

これまでつき合った誰とも違う、穏やかな口調ながら頭の回転の速さやどこか強引さが感じられたせいだろうか。

戒律の厳しい国に生まれながら、型に嵌《はま》っていないような自由さを感じたせいだろうか。

もしくは、芝に半ば振られたも同然で、自棄《やけ》になっていたせいか——。

いずれにせよ、眼鏡がなかった上にほとんど目元しか見ていないが、もう一度会えれば、彼だとわかる自信がある。

槇は生粋の日本人で国籍も日本だ。しかし、人格形成のできあがる時期にアメリカで過ごしたせいか、高校入学前に帰国してからというもの、日本社会というものに窮屈さを感じていたような気がする。

それでも生来の楽天家のため、表向きを繕い、周囲と上手くやっているように装いながら、心の中では歪《ゆが》みがあったのかもしれない。

恋人と長く続かないのも、そんな理由だったのかもしれないと、自虐的な気持ちが生まれてくる。

「はあ……」

「こんなところでため息なんて吐《つ》いてどうした、色男」

無意識にため息が零《こぼ》れ落ちた瞬間、まるでタイミングを計ったかのように背後から声がかかる。はっと驚いて振り返った槇は、そこに立つ人の姿に再度驚かされる。

「芝、さん……」

上司であり失恋した相手である芝は、今日のパーティーという名の懇親会は、槇のようにヘイダルに来たばかりの人間がターゲットのため、参加しないと言っていた。

「あ、の、芝さん。今日は欠席されるご予定じゃ……それとも、ヘイダルに来てもう何年も経っているのに、鷹狩りを見に来たんですか？」

上司と部下の立場にあっても、最近芝は外回りが多く、オフィス内で仕事をすることの多い槙とは、顔を合わせる機会が限られている。

それゆえに、ただでさえおかしなテンションが、彼の隣に立つ男を目にした途端、自分でも驚くほど困惑したものに変わった。

民族衣装に身を包みながら、上背のある均整の取れた体軀であることがわかる。口元まで布で覆いながら、凹凸のはっきりとした顔の造作と印象的な雰囲気と漂う色香。

散々見慣れているはずの純白の長衣がなぜか気になった次の瞬間、漂う香りに思わず声を上げてしまう。

「あ」

「どうした？」

芝が怪訝《けげん》な視線を向けてくるのに合わせて、隣にいた民族衣装の男も槙を向いてくる。

しかし咄嗟に槙は視線を逸《そ》らしてしまう。

顔を見る前に逸らしたため、はっきり確認したわけではない。だが、間違いない。

彼だ。昨日プールで出会った男に間違いない。

長衣に覆われていてもわかる、見上げる長身に体つき、全体の雰囲気と何より目元のラインと目力の強さが、槇の記憶の中にいる男の姿と重なる。

さらに漂う香りが、昨夜の記憶と同じだった。

否応なしに鼓動が高鳴る。

同時に疑問が生まれる。どうして彼が芝と一緒にいるのか？

ヘイダル・パワーの関係者なのだろうか？

「何をとぼけたことを言ってる？」

そんな槇の返答に芝は眉を顰《ひそ》める。

「もうとっくに晩餐会《ばんさんかい》はスタートしてる。前泊しているはずなのに、お前の姿が会場にないから、わざわざ探しに来てやったんだぞ」

「本当ですか？」

芝に言われて、慌てて腕時計を見る。

今日のパーティーは夕方の五時スタートで、今は二十分も過ぎていた。

「すみません。ぼんやりしてました」

「ったく、昨夜こんなホテルに一人で泊まってるせいで、羽目を外したんじゃないのか」

「え……」

槙の心臓が口から飛び出そうなほど大きな音を立てる。カマをかけただけだろうと曖昧に笑ってみるが、芝は自分の襟元を指した。

咄嗟に首元に手をやった瞬間、芝が勝ち誇った微笑みを浮かべた。

「これは、その」

虫に刺されたと言うのでは、あまりに見え透いた嘘《うそ》すぎる。槙が必死に誤魔化《ごまか》そうとしている表情を見ながら、芝は何度も頷《うなず》いた。

「そんなところを隠さないといけない何かがあったってことか」

「——芝、さん？」

「生真面目《きまじめ》で禁欲的な顔して、まったく隅に置けない男だな、お前は」

芝の発言で、カマをかけられたことに槙はようやく気づいた。

「違います。俺は別に……」

「いいって。お前だって健康な独身の男だ。プライベートで何をしようと、俺の知ったことではない」

物わかりのいい上司を装いながら、槙の気持ちを知っていて、芝は明るい口調で槙を突き放す。狡《ずる》くてひどい男だと思いつつも、そんなところが芝の魅力ともいえる。

「……ところで、一緒の方をご紹介いただけませんか」

槇は気を取り直し、必死に平静を装って「できる部下」然と振る舞う。

「ああ、そうだった」

芝は笑いを堪えて隣に立つ男に顔を向ける。

「紹介しよう。アリーム・ビン・アーデル・ビン・アブドゥルアジズ・アル・ヘイダル。湾岸開発を担っている、ワーリヌのCEOだ」

芝の紹介が終わるとほぼ同時に一歩前に踏み出した男は、その場で恭しく膝《ひざ》を折って槇の手を取ると、もう一方の手で口元を覆っていた布を外す。

露わになった口元は手入れされた髭で覆われ、肩口から覗いたのは光の加減で茶色に見える金の髪だった。

瞬間、記憶の中にあった男の顔があやふやになる。

「髭……」

思わず口に出た言葉に芝が眉を上げる。

「髭がどうした？」

「いえ」

否定しつつも、気づけば目が男に向いてしまう。

記憶の中では黒髪で髭がなかったような気がしていた。でも、強く「なかった」と言い切れない。

酔っていた。さらに眼鏡がなかった上に、夜だった。おまけに、布で隠された髪と口元が見えたのはほんの一瞬だったから、記憶の入れ替えが行われたのかもしれない。

元々ヘイダルの祖先は、遊牧民族だ。近親婚を避ける意味もあって、様々な民族と積極的に交わってきた部族だと聞いている。それゆえ、総じて肌の色は浅黒く、髪の色は金から黒と様々なのだ。一見すると金色に見えても、内側は濃い茶色の髪が生えている人も少なくない。

彼もそうだったかもしれない。

とにかくそう考えねばおかしいほど、髪と髭以外、記憶の中の男と寸分違《たが》わないのだ。

改めて目の前の男を見つめていると、腰の奥からじわじわと昨夜の記憶が蘇《よみがえ》ってくる。

漂うシーシャの甘い香りと、長衣に焚き染められた香り。肌に触れた掌《てのひら》の温《ぬく》もりが蘇りかけたタイミングで、男が口を開く。

「はじめまして。アリームと呼んでください」

流暢な英語を丁寧に紡がれる声が同じかについては、正直自信がなかった。

「はじめまして……」

昨夜のことには触れてこない挨拶《あいさつ》に戸惑いを覚えつつも、改めて目の前の男の名前を反《はん》鄒《すう》する。

ヘイダル――中東の人々の名前は、父や祖父、そして自分たちの民族の祖先となる人の名前がついているらしい。その名前に国の名称が入っているということはつまり、国の中枢にいるということを意味する。

「ヘイダル、ということは」

「現石油相であるアーデル大臣の長男で、かつ政府系公社ワーリヌのトップだ」

槇の疑問に芝が答えをくれる。

「ちなみに、知ってると思うが、ヘイダル・パワーのトップは、現皇太子の長男だ」

七十九歳になるヘイダル国王は、独立する前の国であるデネボラの首長の息子である。

長男は現デネボラ首長であり、ヘイダル国王は次男。他にも、長男と同じ夫人から三男が、また別の夫人との間に、四男五男が生まれている。

ヘイダルとして独立する際にデネボラの首長継承権は放棄しているものの、生粋の皇位継承者だ。

そのヘイダル現国王は、異なる夫人との間に男子が二人生まれている。

第一夫人との間に生まれたのが、「神に称《たた》えられた」という意味を持つ、六十三歳のマフムード皇太子。そして第二夫人との間の子が、「高潔」の意味を持つアーデル石油大臣である。

目の前にいるアリームは、そのアーデル大臣の長子だという。

さらには、今回槇たちが仕事をするヘイダル・パワーとは、同族経営ながら、いわばライバル関係にある会社、ワーリヌのトップだという。

もちろんライバルとはいえ、いずれの会社も政府系で同族が経営を務めているのだが、同族だからこその競業意識があるのだろう。

いずれにせよ、今目の前にいる男は、現在の皇位継承権はかなり上位にある立場の人間なのだろう。突然に緊張感が襲ってくる。

「はじめまして。芝さんの部下の槇至宝です。よろしくお願いします」

芝と面識のある相手なら、会社の説明は不要だろう。だから改めて狼狽《うろた》え緊張しつつも自己紹介をする槇に、まったく表情を変えることのないアリームは、「すべてを知る者」という意味を持つ、その名前が示すように、槇を見る瞳は鋭く執拗《しつよう》だ。

「緊張する必要はありません。私は君たちとなんら変わりません」

実に腰の低いアリームは、真っ直ぐに伸ばされる手に添えた槇の手を痛いぐらいに握り返してくる。

「至宝とは美しい響きですね。どんな意味を持つんです?」

やけに丁寧な口調でのアリームの問いに、槇は驚いて咄嗟に芝に救いを求めるが、意地悪な上司は聞こえないフリをしている。

「宝の中でもこの上なく大切なもの、という意味です」

親の願いや想いが込められているとわかっていても、子どもの頃から自分の名前の説明をするとき、照れ臭さを覚える。

それも、存在そのものが「至宝」のような相手に説明するのは、なんともおこがましい気がしてしまう。

「とても良い名前です。貴方《あなた》にとても似合っている」

しかしアリームは真剣に槇の説明を聞いていて頷きで応じる。

「槇……いえ、至宝さんは、我が国の至宝と呼ばれる存在を知っていますか」

国宝という意味だろうか。

「アスワド……のことですか」

ヘイダルには、スミソニアン博物館に所蔵されている、ホープダイヤより大きいとされる「アスワド」、つまりブラックダイヤモンドがあると聞いている。

「アスワドは確かに、我が国において非常に大切な宝です。が、至宝といえば、ファティを指します」

「ファティ？」

「ファティ・ビン・マフムード殿下だ」

芝の指摘で槙ははっとする。

取引先であるヘイダル・パワーのトップであり、ヘイダルの現皇太子の長男の名前だ。

「ファティに会ったことは？」

髭を生やした浅黒い肌に似合わない、穏やかで柔らかい語尾と優しい口調にものすごいギャップを覚える。

「今日の懇親会には珍しくファティも参加しています。ぜひご紹介したいので、会場へ向かいましょう」

「え、あの……着替えが……」

「カジュアルな会です。気にすることはありません」

「いや、でも……」

かろうじてスーツ姿だが、ネクタイは締めていないし、髪もセットしていない。

だが握手したままの手を強く引っ張って、アリームは懇親会会場へ槙を連れていこうとする。咄嗟に芝を振り返るが、肩を竦《すく》めるだけだ。

「俺はあとから顔を出す。せいぜい、顔を売ってこい、色男」

そして手を振ると、パンツのポケットに手を突っ込み、鷹狩りの見学者のほうへ向かって歩いて行ってしまう。

「芝さん……」

「芝から、優秀な社員が入ったと聞いていました」

後ろ髪を引かれる思いで背後を振り返っていた槙に、アリームが語りかけてくる。

「おそらくそれは貴方のことでしょう」

前を向き直ったタイミングで振り返ったアリームと視線が合う。瞬間、背筋がぞくりと震えた。咄嗟に昨夜のことを尋ねようとした。

「あの」

「ファティは貴方に会うのを楽しみにしていましたが、きっと実際の貴方と会ったら、より喜ぶことでしょう」

先を制する発言に、槙は昨夜のことを尋ねることはできなかった。状況を理解できないまま、懇親会の開かれている、ホテル内にある中庭へと連れていかれてしまった。

砂漠のど真ん中にあるとは思えないほど、豊かな水が溢れる噴水を中央に据えたその場所には、スーツ姿の様々な国のビジネスマンが押しかけていた。

彼らの視線は、ワーリヌのトップに連れられたラフな格好の日本人に向けられている。

それはそうだろう。槇の立場でも、何事かと注目してしまう。おまけに向かっている先は、この懇親会の主催者だろう、ヘイダル・パワーのトップのところなのだから余計だ。

アリームが歩いていると、まるでモーゼのように人々が割れていく。

「アリームさん……俺は……」

「もう着きます」

アリームの言葉どおり、会場の一番の上座に数多くの取り巻きに囲まれた男のもとへと辿り着く。

夕日に赤く染まった、美しい装飾の施された砂漠の宮殿の前に、一際輝かしい光が注がれていた。

灼熱の暑さすら忘れるほどの荘厳かつ清廉な空気が、そこには漂っているように思えた。

背の高い男たちの中で、一際人目を惹く、白の長衣の上に黒のビシュトを羽織り、頭はクーフィーヤで覆いイカールで留めている。

アリームと同じく、同じように民族衣装を身に着けた人が大勢いても、きっとこの男はすぐに見分けられるだろう。そのぐらいの圧倒的な存在感とオーラのようなものが感じられる。

「ファティ」

アリームの呼びかけに上げられた顔を目にした瞬間に、槙の全身に震えが走り抜けた。

端整な顔立ちと強い眼差《まなざ》し。

ファティ、すなわち征服者の意味を持つ名前のその男は、この国の皇位継承第二位であり、ヘイダル・パワーのトップに立つ男だ。

再びの既視感が脳裏を過《よぎ》っていく。

「アリーム。どうした」

応じる声が槙の鼓膜を揺らす。

二人の声はよく似ていた。並び立つと、容姿も驚くほど似ている。

「芝が言っていた日本人を連れて来ました」

ただ、放つ光の種類が違うように思える。

陰と陽――というほど、明確な違いではない。似通った雰囲気を漂わせながら、どこか違うのだ。

年齢は髭を蓄えているせいだけでなく、おそらくアリームのほうが上だろうと思われた。決してファティが幼いわけでも、アリームが老成しているわけでもない。アリームが敬語を使っているのは、おそらく立場のためだけではなく、彼の性格によるものも多分にあるだろう。

やがてファティの視線が槙に向けられる。真っ直ぐに、心までを見据えてくる視線の強さに、全身がもう一度震えた。

アリームに紹介された槙にファティは強い興味を抱いたようだ。

「君が槙か」

頭のてっぺんから足の先までを眺めてから続ける。

「芝から聞いている。非常によい人間を自ら引き抜いたと誇らしげだった」

「とんでもありません」

槙は咄嗟に否定する。

謙遜《けんそん》ではなく、心から疑問に思っている。

学生時代、建築を専攻していたとはいえ、卒業後に選んだ職場は商社だ。石油などの燃料関連の仕事に携わったため、そこでも多少、都市開発事業にも関わりは持ったが、やはりゼネコン企業で行う仕事とは根本が違う。さらに転職してヘイダルに来てから僅か二か月に過ぎない今、過大な評価はプレッシャーにしかならない。

おまけに相手は、皇位継承権第二位の立場にいる王族である上に、取引会社のトップだ。

芝はいわば、槙の所属する会社の、ヘイダルにおける代表的な立場にある。だから、取引先ともいえる彼らと縁があるのはわかる。しかし、一体芝は槙のことを、どんなふうに説明したのだろうか？

どうしても過大評価されているような気がして仕方がない。

「芝さんにはお世話になってばかりで、ご迷惑をおかけしています」

応じつつ、アリームとファティ、どちらが昨夜の相手か窺《うかが》っていた。

「謙遜は日本人の美徳というが、この国では誉《ほ》めた相手に対する侮辱と捉《とら》えられる」

そこで向けられるファティの指摘で、槙ははっと息を呑む。

あくまで自分のことを言ったつもりでいたが、確かにこの言い方では評価してくれている相手に失礼だったかもしれない。

「すみません。そんなつもりはありません」

だから素直に槙は頭を下げる。

「ただ、正直な気持ちを述べただけです。俺の何をそんなに評価してくれているのかわからなくて……」

「ファティ。せっかくですから、槙にこの国を案内して差し上げてはいかがですか」

「え」

「確かにそうだな」

「ファティ殿下？」

アリームの提案にファティは頷く。

「ヘイダルに来て二か月だと聞いている。ここに来る前はどこにいた？」

「アジアの国をいくつか……」

「中東は初めてか」

「はい」

「ならばアリームの言うように、俺がこの国を案内しよう」

「ファティ殿下と二人ですか？」

とんでもない展開に、槇はぎょっとした。

「私と二人では不服か？」

「い、いえ。不服なわけではなく、ただ日本から派遣された一平社員の俺ごときを殿下が案内するなんて……」

「君は面倒な男だな」

槇の言葉を、ファティは一言でまとめてしまう。

「面倒って……」

初対面の相手にはっきり言われて、さすがに槇はショックを受ける。

「ファティ、言い過ぎです」

そんな様子に気づいただろうアリームは、ファティを穏やかな口調で制してから槇に向き直った。そして眼鏡の奥の瞳を見つめた。

「建築デザインの仕事をされる貴方には、ぜひ仕事を始める前にヘイダルを見てもらいたいです」

「でも……」

さすがに、よく知らないだけでなく、皇位継承第二位のファティと二人で、とまだ躊躇《ためら》う槇にアリームは続ける。

「さすがにファティと二人では何かと不便でしょうから、私もご一緒します。それならいかがですか?」

皇位継承権二位と四位、かつ取引先の会社のトップと系列会社のトップの人間二人から誘われて、断れるほど槇は厚顔ではなかった。

明日の朝十時、ロビーで待ち合わせることが決まってしまった。

3

槇は昨夜と同じプールサイドのベッドに横たわっていた。昨日と違うのは水着ではなく、シャツとデニム姿ということぐらいだろう。あと、眼鏡をかけているため、今夜は視界が明瞭《めいりょう》だ。

つい数時間前までスーツ姿や民族衣装姿の男たちで賑わっていたのが嘘のように、深夜のプールサイドは静かだった。

天蓋の端から見える、まるで降ってくるような満天の星を眺めつつ、記憶を懇親会に遡《さかのぼ》らせる。

芝はといえば、槇をアリームに紹介したあと、姿を晦《くら》ませてしまった。

当初懇親会に出席する予定でなかった男が、あの場にいたこと自体が不思議だった。

だから槇の懇親会の記憶は、アリームとファティとのことで埋め尽くされている。

とはいえ、どこまで明確に記憶しているかは槇にも自信はなかった。昨夜と違って酒のせいではない。素面《しらふ》だろうとも、理解の範疇《はんちゅう》を超える事態が起きてしまうと、人間は記憶することを拒否するのかもしれない。

正確に言うと、拒否しているというよりも、まだ整理ができていないというのが正しい。

昨夜ここで出会ったのが、アリームだったのか、ファティだったのか。

酔っていて視界が曖昧だったからとはいえ、さすがにキスまでした相手が、二人のうちどちらだったか覚えていない事実に、槙は激しい自己嫌悪に陥っている。

アリームとファティは、髪の色も目の色も異なる。アリームは髭も蓄えている。

しかし全体的な体軀や雰囲気などは、驚くほどに似ている。実際昨夜はほとんどの時間、髪も髭も布で隠されていた。眼鏡のない曖昧な視界な上に夜の闇に覆われていたせいで、目の色もよくわからなかった。

おまけに二人とも、他の人の手前もあっただろうが、槙には初対面として挨拶してきた。

昨夜出会った彼の目に、自分はどんな人間として映っていただろう。

顔も名前も知らない相手に対して、当たり前のように体を開く淫乱《いんらん》と思われただろうか。否定はできない。槙は基本的に性に奔放なタイプだ。実際に槙は誰とも知らない相手に誘われて応じたのだ。最後まで記憶がなかろうと、酔っていたとか、拒めないほど魅力的だったとは言い訳できない。

改めて己の行動を後悔しながら、でもあそこで会っていなければ今こんなふうにこの場所にいない。

明日の約束を半ば一方的に取りつけられたあと、槙は逃げるようにその場を離れて自室に戻った。そして懇親会が終わったのを確認して、改めて部屋を出たのだ。

別に約束したわけではない。

果たして「彼」は来るだろうか。そして来るのはアリームなのか、それともファティなのか。「彼」はどちらなのか。

何気なく星空を見上げているつもりでも、次第に鼓動が高鳴ってくる。

期待半分、不安半分。

一時間待って来なければ、昨夜のことはすべて忘れて明日に備えるつもりでいた。

ここに来て三十分になろうとしたとき、長い影が槙に向かって伸びてくる。漂う香りと白い長衣が、月明かりに映える。

「誰かを待っているのか？」

頭上から聞こえてくる声に槙はゆっくり起き上がる。

月を背にそこに立っていたのは、アリームだった。

昨夜と異なり、顔を布で覆うことはなく、口元が露わになっている。先ほどとは異なる口調で問うアリームの声が、記憶の中にある昨夜の声に重なる。

「貴方を待っていました」

槇が応じるとアリームは笑顔になる。

ベッドの端に腰を下ろし、そこで空を見上げる。

「アルデバランが見えるな」

「どこにありますか」

眼鏡のブリッジを押し上げる。

幼い頃にはどの星がアルデバランかすぐに見つけられた。しかし今空を見てもどれがそれかわからない。

「南の王であるフォーマルハウト。北の王、レグルス。西の王がアンタレス。そして東の王である、アルデバラン」

男の指さした方角に、おそらくアルデバランがあるのだろう。

「それが王家の星――」

「そう。我がヘイダルは元々、獅子《しし》の尾と称されたデネボラ首長国の一部族に過ぎなかった。だが日本との関わりにより石油を産出してから、この国の方向が大きく変わった」

振り返った男の顔が、ゆっくり槇に近づいてくる。

両手を槇の体の脇《わき》につく。そして近寄る顔から逃れるように、槇は再びベッドに仰向けに倒れていく。

自分でも驚くほど抵抗する気持ちがなかった。槇に覆いかぶさってくるアリームも、槇が抗《あらが》うことは考えていないのだろう。

当然のようにまったく躊躇なく重なってきた唇の熱さで、槇の体の芯が瞬時にして熱せられる。

ただ唇を重ねるだけのキスだ。舌を絡めるわけでもない。それでも厚めの唇の感触と、食われるのではないかと思うほど激しく押しつけられる感覚に、体が自然に疼《うず》いてきた。

思いのほか短いキスに、未練がましく無意識に唇が追いかけてしまった。アリームはそれに気づきながら、さりげなく顔を横に向ける。

でも黒味がかった茶色の瞳は、槇に向けられたままだ。そこに映し出される己の顔を目にした瞬間、槇の全身がぶるっと震えてしまう。

「どうした」

アリームは囁《ささや》きながら、槇の体にシャツの上から触れてくる。長い指で器用にボタンを外しかけたのを目にして、咄嗟にその手を拒み首を左右に振った。

「ここは嫌です」

決して行為が嫌なわけではない。場所が嫌なのだ。

昨夜は酔っていたし勢いもあった。だが今日は事情が違う。相手は他でもない、この国の皇位継承者であり、仕事の上でもまったく関わりがないわけではない。昨夜と違い、このホテルには関係者も多く宿泊している状況で、どこに誰がいないとも限らない。

この場所で待ち伏せしていた槇が言うことではないかもしれないが、それでもさすがに危険を冒してまでこの場で情事に至る度胸はない。

「何を今さら」

アリームはくっと喉の奥で笑う。

「私が来るのを待っていたくせに」

そして心を見透かした言葉で揶揄《やゆ》する。

「ここにいたら、何をされるかわかっていたんだろう?」

にやりと笑う男の口元から笑顔と穏やかさが消える。

まさに図星ゆえに、咄嗟に表情を繕えない槇の額を覆う前髪をざっと指でかき上げたかと思うと、アリームは頭を押さえつけるようにしてキスを仕掛けてきた。

先ほどの、唇を押しつけるだけのものではない。

わずかに開いていた唇の間から侵入してきたアリームの舌は、上顎の細かな襞《ひだ》を刺激しながら、口の奥に引っ込んでいた槇の舌に辿り着くと絡みついてくる。

かけたままの眼鏡の位置がずれる。邪魔だと思うものの、外しはしなかった。

昨夜、眼鏡がないせいで、視界がぼんやりしてしまった。だから今日は眼鏡をかけてしっかり自分の目ですべてを見るつもりでいた。

「ん……っ」

濃厚かつ巧みな動きに、一方的に翻弄《ほんろう》される。追いかけようとしても先回りされて、激しく舌を吸われ縁を撫《な》でられ、ひたすらに煽《あお》られてしまう。

これまで槙はそれなりに、セックスにおける経験値があるつもりだった。基本的には受け身の立場になっているものの、絶対的にそうでなければ駄目なわけではない。

それこそ相手に応じ、臨機応変に男女問わずセックスという行為を楽しんできたからだ。しかしそんな過去がすべて遊びだったと思えるほど、アリームにキスされている槙は無防備だった。

これまでしてきたキスと一体何が違うのか。それすらわからないほど、与えられ奪われるキスだけで、体の芯が熱せられ手足の指先が震えてしまう。

「ん……ふ、ぅ、ん……」

唇の角度を変えられるたび、グチュグチュという舌が絡み合うことで生まれる唾液の音が聞こえてきた。猥雑《わいざつ》なその音が、槙をさらに煽ってくる。

強くアリームに舌を吸い上げられ軽く歯を立てられることで生まれる、痛みを伴う刺激に、全身が疼いてきてしまう。

細胞のひとつひとつが反応し、口を開けて足掻《あが》いているような感覚――飢えて渇いて叫んでいる。

欲しているのが何かは明確だった。

息継ぎすらろくにできない濃厚な口づけを槙に施している相手――重なり合った唇の上の皮膚を細かく鋭く刺激する感触に肌が粟立《あわだ》った。髭だ。昨夜のキスで、この感触があったか情けないことに覚えていない。

でも、槙が「ここで待っている」理由をこの男は知っている。

アリームは槙のシャツのボタンをすべて外し終えて露わになった肌に、直接大きな手で触れてくる。

「汗をかいている」

揶揄するように言われてかっと頬《ほお》が熱くなる。

「すみませ……」

「謝ることはない。汗の匂いにかえってそそられる」

鎖骨の窪《くぼ》みに舌を伸ばしながら上目遣いの視線を向けられ、腰の奥がズンッと疼いた。

穏やかな笑みに隠された獰猛《どうもう》な牙《きば》が、そのとき初めて見えた。それは明確な形となって、槇の下肢を硬くする。

「どうやら君も感じているようだし」

傍から見てわかるほどの反応に、アリームは笑いながらそこに手を伸ばしてくる。デニム越しに軽く触れられるだけで、強烈な快感が体を突き抜けていく。

「あ…っ」

「綺麗《きれい》な肌だ」

槇自身を布越しに巧みに愛撫しながら、アリームはしみじみと感想を口にする。

「日本人は肌理《きめ》が細かく美しいと噂《うわさ》には聞いていたが、これほどまでとは知らなかった」

肌にかかる熱い息にも反応してしまう。さらに指の間で胸の突起を挟まれた瞬間、腰が大きく弾んだ。

「……っ」

「ほう。男でも胸を弄られると感じるのか」

槇の反応に、物珍しそうな声を上げられると、急激に羞恥心が込み上げてくる。

アリームは、クールな印象を裏切る、かなりストレートな物言いをする男らしい。

「もしかして……初めてですか、男は」

咄嗟に尋ねると、アリームはなんの躊躇もなしに「当然だろう」と答えた。

「我が国の宗教では同性愛を禁じている。さらには一夫多妻制で、既に私には正妻がいる。これまであえて男を相手にする必要などなかった」

わかり切った反応のはずだ。しかし槙は条件反射のように体を震わせ、下肢に伸びていたアリームの手を上から押さえた。アリームはそんな槙の意図に気づいていて、その手から逃れる。

「言っただろう。これまでは、と」

そして胸の突起をぎゅっと摘んできた。

「ひゃっ」

自分でも驚くほど甲高い声が零れてしまう。アリームはそんな槙の反応を楽しむように、執拗に刺激してくる。

「私は私の国の神を信仰している。だが、神が禁じているのは『同性愛』であって、行為そのものではない」

爪先《つめさき》まで綺麗に手入れされた指には、いくつもの指輪が嵌っていて、手首にも腕輪がいくつもつけられていた。指を動かすたび、ジャラジャラとそれらが音を立てる。

「ついでに言うなら、あえて禁忌を冒してまで抱いてみたいと思う男にもこれまで出会わなかった」

権力と権威。あらゆるものをおさめたその手が、今は槇の平らな胸の突起を弄っているという現実に、とてつもなく煽り立てられる。

槇は口の中にたまる唾液を飲み干した。

アリームの紡ぐ言葉を理解しようと噛《か》み砕けば砕くほどに胸が苦しくなる。アリーム当人がどんなつもりかはわからない。だが槇からすれば、これ以上ないほどの口説き文句を並べ立てられているようなものだった。

同性愛は禁じられているが、単に同性同士の行為ならば問題ない。ただこれまでそそる相手がいなかっただけのこと。

槇は違うのだと、アリームは言っている。

「君の体は美しい」

槇の肌を撫でながらアリームは歌うように続ける。

「この肌の感触は素晴らしい。私がこれまで抱いたあらゆる国の女たちと比較しても、素晴らしい感触だ」

正妻以外にも、多くの女たちを当たり前のように抱いてきた男。

一夫多妻の中東の国において、皇位継承者の妻、もしくは愛人は、女性にとって最高の地位になるのだろう。

「日本人は男女を問わず、君のような肌をしているのか?」

「日本人の女性との経験はないんですか?」

「残念ながら、私はない」

自分はと断りを入れるからには、ファティは違うということなのだろうか。

「男はともかく、女性は綺麗な肌の人が多いと思います」

「ほう」

槇が応じる間手を止めていたアリームは、感心したような声を上げる。

どのぐらいの数の女たちをこの男が抱いたのかはわからない。おそらく三桁《けた》は下らないだろう女たちと比較しても、槇の肌はアリームの興味をそそるらしい。

槇自身は別に、自分の肌が特別綺麗だと思ったことはない。だがこうして褒められて悪い気はしない。

アリームの手が、ゆっくりと槇の肌を味わっていく。その動きが鈍い快感を生み出す。

槇にとってセックスはある種コミュニケーションの手段のひとつだったが、性欲を発散するための手段でもあった。

だから前戯に時間をかけることなく、お互いのものを銜《くわ》え合ってさっさと挿入して射精して終わり、というパターンが大半だった。

それでもこれまでセックスしてきたのは、一夜の相手だったとしても、とりあえず上辺だけでも繕う相手ばかりだったように思う。

大抵の場合、槇は口説かれる側だから余計だったかもしれない。槇とセックスするために、その場しのぎだろうと、槇を褒めたたえ称賛し尽くしてきた。

綺麗だ、美しい、一目惚《ひとめぼ》れした、等々数々の美辞麗句を並べ立てながら、いざ実際ベッドに入ってしまうと、目的を遂げるためだけに時間が費やされてしまう。

つまり、槇に挿入することだけを考える。だから前戯に時間をかける人、たとえば胸をこんなふうに執拗に触ってくる人もいなかった。

アリームははっきり体が目的だと言いながら、槇を褒めたたえ、すぐに挿入しようとはしない。

それどころかアリームはまだまるで衣服が乱れていない。シャツを肌蹴《はだけ》られているのは槇だけで、かつ上半身だけだ。

鎖骨の窪みを撫で胸の突起を集中的に嬲《なぶ》る。

指の間に挟んでみたり指の腹でつぶしたり、爪を立てたり、果ては摘んで引っ張ってみる。新たなおもちゃを見つけて夢中になる子どものような動きに、槇は何度も胸を上下させ、熱い息を吐き続けた。

まだなのか。

昨夜と違い、明瞭な意識と眼鏡のせいで、色々なものが見えすぎてしまう。アリームの顔や仕草だけでなく、自分の反応まで細かいところまでわかってしまうのがどうしようもなく恥ずかしい。

生殺しのような状況がいつまで続くのかと思っていると、まるで検分するように、槙の胸を弄っていたアリームの手が、ゆっくりと下肢へ移動していく。

ベルトに手をかけられる頃にはもう、直接触れられていないにもかかわらず、今にも爆発しそうなほど高ぶっていた。

槙の足の上に跨《またが》るように座ったアリームは、両手でベルトを外し、続けてボタンを外し、ファスナーに指をかけてきた。

ジーッという金属音がして、ゆっくりファスナーが下ろされていく。その様を、槙は起き上がってじっと眺めていた。だから途中、高ぶった己のせいでファスナーの動きが止まるのも見てしまう。

「なんだ、これは」

わかっていてアリームは槙に聞いてくる。恥ずかしさに答えずにいると、わざとファスナーでそこを刺激してくる。

「やめ……」

「これはなんだと聞いている」

空いているほうの手が、槙の細い顎に伸びてきて摑んだ。顔を背けることもできず、強いアリームの視線に晒される。

命令することに慣れた人間の口調に、槙はつい身構えてしまう。かといって、なんだと言われても答えようはない。だから肩を竦めるが、アリームはそれで終わらせようとはしない。

「直接触っていないのに、君はこんなに感じているのか」

顎を摑んでいた指が、喉元を辿って鎖骨を過ぎ、再び散々いたぶられている胸を弾《はじ》く。

「あっ」

堪えられずに声を上げるのと同時に、ファスナーの下の欲望が目で見てわかるほど大きく疼いた。

「どうやら、自分で脱いでもらったほうがよいようだ」

アリームはファスナーに添えていた手を放し、代わりに槙の手をそこに導いてくる。

「どうしてですか」

「君自身が邪魔をして私にはファスナーが下ろせないようだ。だから、この先のことをしたいなら、自ら脱ぎなさい」

「そん、な……っ」

抗議の声を上げても、アリームは気にすることなく、跨っていた槇の足からあっという間に下りてしまう。

そしてアリームはその場で胡坐《あぐら》をかいてイカールを外す。留められていたクーフィーヤが揺れて、髪が露わになって肩の上に落ちてきた。

「……長い」

でも決して女性めいた色香は感じるわけではない。濃厚な男としての艶が髪の毛とともに滴り落ちてくる。

「髪か」

つい槇の口をついた言葉にアリームが反応する。

「長いのが珍しいか」

槇は頷いた。

ヘイダルに来てこれまで会った人たちは、皆、クーフィーヤの中は短髪だった。

「我々の一族は元々遊牧民族だった。当時、首を守るために、髪を長くする習慣があった。

これは、その名残だ」

「ファティ殿下も長いんですか？」

「いや。ファティは短い」

改めて昨夜の男のことを思い出そうとするが、髪の長さまで気づかなかった。躊躇う槙の反応を、アリームは違う意味に捉えたらしい。

「この状況で他の男の名前を出すということは、その気がないということか？」

「え……」

槙が言葉の意味を取りかねていると、アリームは実力行使に出てきた。突然足首を摑まれて、ぐっと体を引きずられた。

「何、を……っ」

「君は私のプライドを刺激するのが上手いようだ」

「プライドって、え？」

乱暴に左右に大きく開いた足の間に割り込んだアリームは、中途半端で放り出した槙の股間のファスナーを一気に下ろし、下着ごとデニムを膝まで脱がされた。

「アリーム殿下……」

「アリームでいい」

早口に応じたアリームは、半勃《はんだ》ち状態の槇に両手を添えてくる。

「あ……っ」

敏感な剝《む》き出しの槇の欲望は、他人の温もりと肌の感触に、ビクビク脈打ちながらさらに硬度を増していく。

「日本人はペニスまで綺麗な色をしてるのか。おまけに毛も薄い」

相変わらず槇の体を検分するようなアリームの言葉と視線に、みるみる熱を蓄えていく。脈が浮き上がり、先端からは先走りの蜜《みつ》が溢れている。アリームは根元を掌で包み、もう一方の手で先端を撫で刺激してくる。

「アリーム、さん……」

さすがに呼び捨てにはできない槇の呼称に、アリームは不機嫌そうに眉根を寄せる。だがそこでさすがに訂正はしなかった。

「光栄に思うがいい。私がペニスをしゃぶるのは君が初めてだ」

笑いながらそう言ったアリームは、突然宣言どおりに槇を口に含み、激しく頭を上下させてきた。

ジュジュッという猥雑な音が、槇を耳からも刺激してくる。

「う、そ……」

とてつもない快感が一気に押し寄せてきた。気を緩めた瞬間、射精してしまいそうだった。槇は込み上げる快感をやり過ごそうと、天を仰ぐ。そうして目元に手をやりながら、ふと気づけば、降ってきそうなほどの満天の星が夜空に広がっていた。

『そういえば、王家の星について知りたがっていたな』

昨夜、鼓膜を揺らした声が蘇った瞬間。

槇の目にひとつの星が飛び込んでくる。さっき、アリームに教えられてもわからなかった星。

「アルデバラン……」

槇が思わずその単語を口にした瞬間、アリームと視線が絡み合う。

「ようやくわかったか」

わざと槇に見えるようにアリームは舌を使い、完全に勃起《ぼっき》した槇の先端を嘗め、次いで指で弾いた瞬間、ドクンと強い脈動が生まれる。

あっと思ったときにはもう、欲望を迸《ほとばし》らせてしまう。

「……ん……っ」

小刻みに体を震わせながら、勢いよく飛び散ったそれは、槇の体だけでなく、アリームの髪も汚していた。アリームは一瞬だけ眉を顰めつつも特に表情を変えることなく、愛液を溢れさせる槇の先端に指を伸ばしてきた。

白濁した液をすくい上げた指を、ゆっくり槇の内腿に移動させる。つーっと細い線を描きながら、アリームの指が槇の腰の奥へ向かっていく。

そして小さな窄《すぼ》まりへ辿り着くと、その中心に初めてにもかかわらず、躊躇なしに濡れた指を突き立てる。

「……っ」

「痛いか」

異物の挿入に槇の体に力が入ったのがわかったのだろう。アリームに問われて、槇は唇を噛んで首を左右に振った。

痛いわけではない。ただ、強烈な違和感が這《は》い上がってきている。

ヘイダルを訪れて二か月、それよりも前から、そこを他人に触れられていない。

槇の射精したもので濡らされたとはいえ、女の体のように自然に潤う場所ではない。乾いた肉が他人の体に馴染《なじ》むにも時間がかかる。

「そうか」

槇の反応を見ながら、アリームはたった今射精したばかりのペニスをもう一方の手で再び愛撫していく。その上で、中の指を動かしていく。

最初のうちは内壁を探るようにゆっくりとした動きを続けていた。やがて槙の口から喘《あえ》ぎに似た息が漏れ出すのを確認して、強く刺激し始めてきた。

「や、め……」

「嫌じゃないだろう？」

また熱を蓄え硬くなっていく槙自身を扱《しご》く。感じやすくなった体は痛いぐらいに反応し、アリームの指を受け入れた場所は、いやらしく収縮を繰り返している。

執拗な刺激で柔らかく熟れ、巧みな刺激によって慣らされてきた場所は、指一本では足りなくなっていた。

もどかしさにいやらしく蠢《うごめ》き、アリームの指を無意識に強く締めつけてしまう。

「私の指を食べてしまいそうだな」

「んん……っ」

ぐるりと指を回され、腰が跳ね上がり、愛撫されたペニスもこれ以上ないほど高ぶっていた。

再び堪えられず先端から蜜を溢れさせ、アリームの手を汚している。

着ていたシャツは既に右手にかろうじて纏わりついているだけの状態で、デニムも下着とともに足首まで下げられていた。槙を裸同然にしているにもかかわらず、アリームは頭を覆う布を剝《は》いだに過ぎない。

だから槙はアリームの着ている長衣の胸元に手を伸ばして乱暴に左右に引っ張った。勢いでボタンがいくつか飛び散って、男の胸元が露わになる。微かに見えるのは、猛々しい猛禽類らしき鳥の姿だ。

この姿には見覚えがある。昨夜、槙に触れた男の肩にも描かれていたのを思い出した途端、心の奥底で拭《ぬぐ》いきれずにいた迷いが吹っ切れたような気がした。

槙は自ら膝を開き、腰を浮かす。そして腰に挿入されたアリームの手に右手を添え、左の手を男の股間に伸ばす。もしかしたらそこは、なんら反応していないのかもしれないと思っていた。だが予想に反し、しっかりと欲望を示していたことが嬉《うれ》しい。

「ここに私が欲しいのか」

一瞬、驚きに目を見開きながらも、すぐ槙の下肢を痛いぐらいに握ってきた。

「……欲しい、です」

息を呑んでから、槙は応じる。

「そうか」

アリームは握っていた槙から離した長衣の裾《すそ》をたくし上げる。そして導き出された、猛ったアリーム自身を目にした刹那《せつな》、槙は小さく息を呑んだ。

膝を掴まれ、腰を掲げられる。

指で解《ほぐ》された場所に、穏やかでストイックな印象を放つアリームとは正反対のような、猛った欲望の先端がゆっくり押し当てられる。

触れた途端、何もかもが溶け出しそうに熱い存在は、槙の体に残っていたわずかな躊躇いを完全にドロドロにしてぐっと内側に侵入する。

「熱、い……っ」

頭で考えるよりも先に言葉が口をついた。だが熱いのか痛いのか、よくわからなかった。

「体の力を抜きなさい」

上から欲望を槙の体に穿《うが》ちながら、アリームは槙に命令してくる。でも凄《すさ》まじい圧迫感が、繋《つな》がり合った部分から全身に広がっていく、体が引き裂かれるような感覚のために、自分の意志で何かできる状態ではなかった。

「あ……あ、や、……め…、ん、んっ」

自分でも何を言っているのかわからなかった。だがただ黙って堪えていられる状況にはなかった。

ず、ずっと、狭い場所を抉《えぐ》って中へ突き進む強烈な刺激に、最初のうち槙は唇を噛んでいたが、すぐに我慢できなくなってしまう。

「……挿《はい》って、く、る……ん、ん、ん……っ」

「そんなに……締めつけるな……」

槙の膝を抱え、アリームはさらに己の腰を押しつけてくる。

「締めつけて、なんて……あ、あ」

そんなつもりは槙にはない。だが知らない間に、槙の体を侵食する異物に纏わりついているのだろう。乱暴に、激しく腰を律動されると、擦《こす》られた場所から快感が生まれてきた。

何も考えられなくなる。

「いい……」

「気持ちがいいのか？」

アリームの吐息交じりの問いに槙は頷いた。

「いい……いい、気持ちいい……」

一度言葉にしてしまうと、もう止まらなかった。

深く腰を抉られる動きに体中が戦慄《わなな》く。

「もっと……」

もっと強く、もっと深く、突き上げてほしい。貫いてほしい。擦ってほしい。

「なんという体だ……まさに至宝と言うに相応《ふさわ》しい」

不意にアリームの手が槇の顔に伸びてきて、かけていた眼鏡を奪っていく。無理やりな体勢で、そのまま唇を重ねられ、そこから溢れてくる言葉のすべてを吸い尽くされていく。

すべてを貪るアリームとともに、槇の視界は夜の闇へ吸い込まれていった。

4

目覚めたとき、槇は一瞬自分がどこにいるのかわからなかった。眠い目を擦りつつ起き上がろうとするものの、鈍い腰の痛みに仰向けにベッドに沈み込んだ。

同時に、一気に意識が覚醒《かくせい》する。

昨夜、プールサイドのベッドでアリームに抱かれた。全身を余すところなく愛撫され、体の中を作り替えられるのではないかと思うほど、じっくり挿入されたアリーム自身が、槇の体内を暴れ回った。

抱かれている場所が外だということは、途中ですっかり忘れていた。下手をすれば誰かに見られていたかもしれないと思うと、強烈な羞恥心に逃げ出したい衝動に駆られる。

しかし最中には、そんなことを考えている余裕などまったくなかった。

体を繋いでから眼鏡を奪われて視界はぼやけても、頭は明瞭で、二度目は槇は自分から求めていったのだ。

アリームの膝の上に乗り上がって、猛った彼自身を自ら招き入れたほどだ。

一昨日と異なり、自分が誰と何をしたかはっきりと覚えていた。さすがに酔いのせいにはできないぐらい、肌にも体にも昨夜の名残があった。

熱いシャワーを頭から浴びても、体の奥深くで完全に収まらない熾火《おきび》を抱えつつ、アイボリーの麻のシャツにデニムに着替えて、待ち合わせに指定された時間に部屋を出てホテルのロビーへ向かう。

昨夜のことがあった状況で、果たしてアリームとどんな顔で会えばいいのだろうか。おまけにそこにファティがいるのだ。

おそらくアリームという男は、槙との間で何があろうとも、平然とした様子で振る舞うだろう。

いわゆる「王族」という特権階級にある人間は、表に出せない秘密を山と抱えているに違いない。しかしそれを表に出すことはない。事実、一昨日に会っていながら、一切そんなそぶりを昨日は見せはしなかったのだ。

意識してしまうのはきっと槙だけだ。

何度目かの行為を終えたあと、槙に眼鏡を戻してから、アリームはその場を離れた。突然に戻ってきた明瞭な視界に最初に映ったのは、夜空に光るアルデバランだった。

今が朝でよかったと改めて思う。

夜で、空にアルデバランが瞬いていたら、間違いなく昨夜のことをリアルに思い出してしまい、観光どころではなくなってしまう。

「……はあ」

口元に手をやってため息を漏らしつつ、メイン棟に辿り着く。

「時間どおりだな」

アリームを探そうと辺りを見回そうとした槇の隣から、ファティが現れる。

漂ってきた甘い匂いに、槇は無意識に身を引いていた。

圧倒的な存在感とともに、微かに覚えがあるような、長衣に焚き染められた香の独特の甘い匂いに、身構えてしまった。

一歩引いた場所で見上げる長身と逞《たくま》しい体軀に白の長衣が、実にファティによく似合っている。

アリームとは異なり、ファティは陽の気を放っているように思える。それでいて独特の艶を兼ね備えているから、ある意味性質《たち》が悪い。槇のようにただの人間は、ファティの放つカリスマ性の前には、ただひれ伏すしかないように感じられる。

改めて眩しい思いで凝視した赤と白のチェックの、クーフィーヤで頭を覆ったファティの瞳の色が、黒のはずなのに、蒼味がかって見えた。

「どうした？」

「殿下の目が、蒼く見えたので……」

「光の加減でそう見えるときがあるらしいな」

槇の言葉をファティはあっさり肯定した。

「驚くことはなかろう。我が一族は元々遊牧民族だ。近親婚を避けるべく、様々な民族との婚姻を繰り返した当然の結果だ。だから、ヘイダルの国民は、様々な髪と瞳の色の人間が多い。私のような黒髪はかえって珍しいぐらいだ」

確かに、大抵頭は布で覆われているためにあまり意識したことはないが、真っ黒の髪は珍しい。アリームも金に近い茶色だ。

アリームは、皇位継承第二位のこの男を「至宝」と称した。その理由のひとつにはおそらく、漆黒の髪と、蒼味がかっているとはいえ、濃い黒い瞳だということも含まれるのだろう。

国宝に等しい「アスワド」、つまり「漆黒」の意味の名前を持つブラックダイヤモンドが尊ばれるのは、ヘイダルにおいて「黒」が尊い色とされるためだと聞いたことがある。

「それでは行くとしよう」

ファティは話を終えると、エントランスへ向かって歩き出す。

「行くって、あの、アリームは……」

「来ない」

槇を振り返ることなくファティは言ってのける。

「どうしてですか？」

「今朝《けさ》になって急な仕事が入ったらしい」

「え」

驚きと戸惑いの声を上げる槇を、先を歩いていたファティは足を止めて振り返った。

「アリームが来ないと行きたくないか」

「え」

予想もしない問いに、槇は表情を繕えない。昨日、誘われたとき、嬉しくなかったかと言えば嘘だ。しかしファティは皇位継承第二位の王族であり、取引企業のトップだ。そんな相手に、一平社員である自分が理由もなく国を案内してもらうのは、あまりに大それたことだと思った。

おまけに、ファティはどうしてだか槇のことを事前に知っていて興味を持ってくれていても、槇にとってファティは昨日会ったばかりの相手だ。

かといって、ファティからの誘いだ。断るに断れない。だからアリームが同行してくれることで、なんとか折り合いをつけたつもりだったのに、そのアリームが来ないという。

「行きたくないわけでは……」

「嘘を言うな。お前の顔が『嫌だ』と言っている」

「嫌なわけではありません」

慌てて弁解する。

「アリームが……アリームさんがいないのは残念ですが、殿下と二人で行くのが嫌なわけではありません。ただ」

「ただ？」

「緊張するのと、申し訳ないというのと……」

「気にするな。二人だからかえって遠慮はいらない」

そう言って再び歩き始めるファティの背中を追いかけていくと、ホテルの車寄せに4WDの自動車があった。ファティはその運転席に乗り込んだ。

「殿下が運転されるんですか？」

「不安なら、君がするか？」

「いえ、そういうわけではありません」

助手席側の扉を開けながらのファティに問われて、槙は首を左右に振る。ただ、王族であるファティが、自身で運転することに驚いたのだ。

ヘイダルでも運転可能な免許は持っているが、知らない土地を運転する度胸はもちろん、王族を乗せて運転する技術もない。

「ならばおとなしく助手席に座っていればいい」

躊躇いつつも車高の高い車の助手席に乗り込むと、ファティはサングラスをかけてキーをイグニションスイッチに差し込んだ。

低いエンジン音がして走り出す車を、ホテルのスタッフが頭を下げて見送っていた。


しばらくの間、車内には沈黙が流れていた。

なんとか会話の糸口を掴もうと窓から外を眺めるものの、ひたすらに砂漠が続いている状況だ。

何度となく話をするタイミングを見計らうべく、槙は左側の運転席をチラ見したが、サングラスをかけているため、ファティの表情がわからなかった。

「ヘイダルに来てどのぐらいになる？」

先に口を開いたのはファティだった。ちらりとサングラスの奥の瞳を横に向けられる。

漆黒の瞳に、ドキンと心臓が鳴った。

アリームとは異なる独特の艶がこの男からは溢れている。

「二か月です」

「この国に来る前に、他の国を見たと聞いている。そんな君がこの国に来ることにした理由を教えてくれないか」

「……それは、経営者としての立場からの質問ですか？」

槇が用心深く尋ねると、ファティは一瞬の間ののちに大声で笑う。

「ストレートな男だな。芝が気に入るのもわかるようだ」

「芝さんは、俺のことをなんて話していたんでしょうか」

昨日から気になっていたことを尋ねる。

「俺は確かに芝さんの紹介で今の会社に転職しました。でも、それ以前に仕事以外のつき合いがあったわけでもないので……」

槇自身は芝とまた仕事をしたいと思うほどに魅力的な人物だと感じた。芝も自分を引き抜いたからには、好感を得ていただろうとは思う。

しかしいざヘイダルに来てみたらほとんど接点のない状況で、芝がどんなつもりで自分のことをファティやアリームに話したか、まったく見当がつかない。

「直接本人に聞けばいいだろう？」

もっともなことを言われて槙ははっと息を呑む。

「おっしゃるとおりです」

槙は思わず肩を竦めた。

いくら芝となかなか話す機会がないからといって、ファティの言うとおり、取引先企業のトップに聞くことではない。槙はさすがに、勢いで尋ねてしまったことを反省する。

「面白い着眼点を持つやる気のある建築家で、固定観念に捉われない柔軟な考え方を持った人物だと聞いている」

俯《うつむ》いていた槙は、ファティの言葉で顔を上げる。

「とはいえ、私はアリーム経由で聞いているだけだが」

「でも、芝さんの直接の上司は殿下ですよね？」

アリームがトップを務める会社は、主に海上建設に特化していて、槙が担当してる市街地のプロジェクトは、ファティがトップを務める企業が主に動いている。

「そうだが、彼らは長いつき合いだからな」

「そうなんですか？」

「知らないのか。大学時代からのつき合いらしい」

「知りませんでした」

初耳だった。

「そういえば英国の大学に通っていたと……」

初めて会った夜にアリームが言っていたのを思い出す。大学時代からのつき合いがあるというのなら、なんとなく話が見えてくる。

懇親会のとき、芝がアリームと一緒だった理由も説明がつく。

「君も海外での生活が長かったと聞いている」

「あ、はい。でも俺は大学は日本です。高校生のときに日本に戻ったので」

「ほう。どうしてだ？　海外で仕事をするなら、米国や英国の大学に進学したほうが何かと便利なように思うが」

「今になって考えればそうなんですけど、当時は日本の大学に進むことしか考えてなかったんです」

眼鏡のブリッジを指で押し上げながら、過去に記憶を遡らせる。

日本に戻った理由は、もちろん親の仕事の都合だ。海外で伸び伸び生活しながら、槙もいずれは日本に帰国するだろうと考えていた。

しかし大学卒業後に父親と同じ商社に入社し、海外に飛び回って仕事をするようになって初めて、日本の狭苦しさに気づかされた。同時に、大学で学んだ建築の仕事をしたいという想いが生まれた。

それでもすぐに行動に移さなかったのは、怖かったからだ。

こと恋愛においての考え方もあって、槇は奔放なタイプに思われがちだ。しかし実際は生真面目で几帳面《きちょうめん》で模範的な考え方の持ち主である。

そこには性癖も多分に影響しているだろう。

バイというよりはむしろゲイだからこそ余計に、性癖以外の部分で「普通」であろうと虚勢を張り続けた結果かもしれない。

商社での仕事が面白くなかったわけではない。責任のある立場も任されるようになってきた状況で、少し我慢すれば何もかもが上手くいく――つもりでいた。

でもどこかで無理をすれば、必ず弊害が出るものらしい。

仕事で取り繕っていた分、プライベートでの綻《ほころ》びが生まれてしまった。芝から引き抜きの話が出たのはまさにそのタイミングで、何もかもが上手くいってさえいれば、転職をすることはなかっただろうと思う。

「でも今こうして海外で働いているのだから、どこで大学に通おうと関係ないんだろうと思います」

「そう考えられるのは、私からすれば羨《うらや》ましい限りだ」

「それはどういう……」

意味なのかと尋ねようとした瞬間、ガクンと自動車が大きく弾んだ。何事かと思った次のタイミングで、今度は急坂を下っていく。

「ちょ、っと、何を……」

「しっかり摑まっていろ」

ファティは慌てるどころか、どこか楽しそうに言って、ハンドルを回転させている。

「摑まっていろって、何を……わ、ちょ、うわっ」

まるでジェットコースターのような勢いで４ＷＤが、砂漠の中を激しく上下する。辺りはまさに砂ばかりで、疾走する爽快感《そうかい》が味わえるのは僅かだった。

「で、殿下……一体、何をっ」

「喋《しゃべ》っていると舌を嚙むぞ」

槙が驚いているのを楽しむように、さらに車は砂漠を爆走する。

砂の山を登り谷に下り、激しく変化する状況が、一体どのぐらい続いたのだろうか。

「大丈夫か？」

停止した車の中でぐったりする槙の横から、ファティが心配そうに声をかけてくる。だがさすがに今の状態で、返事をする余裕はなかった。

「面白かっただろう？　観光ツアーでは、この４ＷＤでの砂漠ドライブは大人気アトラクションらしいと聞いたから、サービスだ」

「そう……なんですね……」

事前に聞いていれば心構えもできるが、あまりに突然すぎて、まだ鼓動が速くて内臓がぐるぐるしているような感じがした。

「落ち着いたら言ってくれ。ここから少し歩く」

「……大丈夫です」

車の中にいるより外に出たほうがマシなように思えた。ファティに促されて降車した瞬間、槇は思わず感嘆の声を上げた。

「砂漠だ……」

「何を今さら」

ファティは呆《あき》れたように言うが、まさに言葉のとおりだった。

見渡す限りの砂漠。

滞在しているホテル周辺も砂漠なのだが、人間の手がある程度入っているのだろう。ところどころ木々が生えていたり、地平線の先に市街地の建物が見える。

だがここは違う。

ホテルのある場所からさらに奥に進んでいるからだろう。一切草木はなく、砂の上には風で生まれた砂紋ができている。

青い空と砂漠のみ。

とりあえず見渡すかぎり、自分とファティしか存在しない。

「すごい……」

これが本当の砂漠なのか。ホテルで見た砂漠とは違う。

あまりの光景に体調が悪かったことなど忘れて足を進めようとするが、細かい砂の上を歩くのはなかなか難しかった。

歩こうとするごとに砂に埋まり、あっという間に靴の中には砂が溜《た》まっていた。

「大丈夫か？」

笑いながら槇に手を伸ばしてくるファティの姿に、思わず見惚れてしまう。

風にはためくクーフィーヤや白の長衣が、驚くほど砂漠が似合う。

手を借りて立ち上がったとき、ピーッという甲高い声が頭上から聞こえてきた。なんだろうかと見上げると、青い空を一羽の鳥が飛んでいた。

「鷹……」

槇が呟《つぶや》くのとほぼ同時に、ファティが掲げた腕に空を飛んでいた鳥が留まる。

鳥──鷹だ。

流線型の美しい鷹が、甘えるようにファティの腕から肩へ移動し、頬に頭をなすりつけている。

「ジア。元気にしていたか」

そんな鷹に向けられるファティの満面の笑みに、槙の心臓が大きく鼓動する。細められた目元は穏やかで優しさに溢れたものだった。

「我が一族は、必ず一人一羽以上の鷹を有している。これは俺の所有する鷹、ジアだ。ハリスホークという種類だ」

ジアは「光」の意。

アリームの肩に描かれた鷹の姿が瞼の裏に浮かぶ。一族ということは、きっとアリームも同じように鷹を所有しているのだろう。

「普段は離れて暮らしているのだが、俺が来たのがわかって飛んできたのだろう」

よく慣れているのだろう。

しかしファティの腕には、鋭い鷹の爪が食い込んでいる。

「痛くないんですか?」

槙の問いにファティは笑う。

「爪か？　見た目ほど、強く食い込んではいない」

ファティが頭を撫でると、鷹は気持ちよさそうに目を閉じる。

「この先に、俺が子どもの頃暮らしていた遊牧民族のテントがある。君は迎えの人間と一緒に先に行っていてくれ」

「迎え？」

言っているそばから、どこからやってきたのか、ラクダの隊列が近づいてくる。

「殿下はどうするんですか」

「俺は少し、ジアの相手をしてから行く」

そう言うと、ファティはジアの乗っていた腕を前後に大きく振った。その動きに合わせて、ジアが空に向かって飛び立つ。

音もなく大きく羽を広げて空を駆けていく姿は、まさに空を制覇した猛禽類の姿だ。


元々ヘイダルは、独立する前の国、デネボラの遊牧民族だったという。そのときの名残で、今も国内には遊牧生活を送る一族がいるのだという。

「好戦的な一族で、蒼と黒の服に身を包んでいた」

美しい文様の描かれた鮮やかな色合いの絨毯《じゅうたん》が敷き詰められたテントの下で、香《かぐわ》しいアラビアンコーヒーが淹《い》れられる。テントとはいえ、周囲はしっかり覆われ、テーブルやソファなども設置されている豪華な内装だ。

その甘いコーヒーを味わいながら、ファティは槇にヘイダルの成り立ちを改めて教えてくれる。

「俺もアリームも、幼い頃をここで過ごした。ジアともここで出会った」

「どのぐらいですか？」

「生まれた直後から、海外に留学する直前までだ」

「そんなに？」

驚きゆえについ大きな声を上げてしまう。

「遊牧生活を送ることで、俺たちは定住する前の一族の本性を学び、一族の結束を固いものにする。俺にとっては、ジアも、アリームも、アリームの鷹も、ともに過ごした兄弟のようなものだ」

散々ファティと過ごして疲れたのだろうか。猛禽類の王者ともいえる鷹が、今は胡坐をかいたファティの膝の横で、お腹をぺったり絨毯につけて眠っている。よほど安心しているのだろう。頭を撫でられても起きる気配はない。鷹がこんなふうに人に慣れることも、こんなふうに寝ることも知らなかった。

ファティとともに訪れた遊牧民族のテントでは、五十人程度の人が過ごしているらしい。

「普段は観光客相手に、料理を提供したりベリーダンスのショーを行ったり、鷹狩りの様子を見せている。だが彼らの本業は、国境沿いの警護であり防衛だ」

突然知らされる現実に槇は小さく息を呑む。

「何かあれば、ジアたちが市街地にいる我々に向けて飛ばされる」

海外での生活が長くなったとはいえ、平和な日本での日々が染みついているのだろう。たまにきな臭い話を聞かされると、心臓が急激に軋《きし》んでくる。

「鷹はどのぐらい生きるんですか」

「はっきりとした寿命は知らない。だが平均的に、二、三十年は生きる。ジアも既に二十歳だ」

「そんなに……」

兄弟と言うのも納得できる。

「アリーム、さんの鷹は、なんていう名前なんです？」

「気になるか、アリームの鷹が」

「あ、いえ、あの、今、殿下がおっしゃったので」

「そこまで慌てなくてもいいだろう。ただ、気になるのかと聞いただけだ」

にやりと意味ありげに笑われてしまい、槙は墓穴を掘ったことに気づく。

「まあ、いいだろう。アリームの鷹はヘサームという」

「どういう意味ですか」

「鋭い剣だ」

ファティの鷹が「光」の意を持つジア。そしてアリームの鷹が「鋭い剣」。誰がつけた名前かはわからないが、彼らの立場にこれ以上ないほどに相応しい。

「ヘサームもここにいる。興味があるなら、あとで呼んでやろうか」

「ぜひ！」

勢いよく返事してから、ファティの視線に気づく。

「鷹が思っていたより可愛いので、他の鷹も見てみたいだけで……」

「別に俺は何も聞いていない」

槙の言い訳にファティは耳を貸すことはなかった。

その後、用意された昼食は、ここが砂漠のど真ん中だということを忘れさせるほどの豪華さで味もよかった。

基本的にスパイスのよく効いた濃い味が多いせいか、無性に酒を飲みたくなる。

「冷えたビールが飲みたい」

言ってから、槇は慌てて口を手で覆う。

「すみません。つい癖で……」

「ビールはないが、ここでしか飲めない酒がある。試してみるか？」

「いえ。殿下が飲まれないのに、俺だけ飲むわけには……」

「それは、我々も砂漠にいるときだけ飲むのを許されている」

「そんなお酒があるんですか？」

「酒だが、乳製品でもある」

ファティの発言を聞いて、すぐに甕《かめ》が用意される。

「乳製品？」

「アジアに赴任していたのなら、馬乳酒は知っているか？」

「なんとなく、ですが」

酒だがアルコール度数は低く、野菜代わりに飲む地域もあると聞く。

「あれに似たようなものだ。とりあえず飲んでみるといい」

湯呑のような器に、甕からおタマですくった白濁した液体が注がれる。

ヨーグルトのような若干の発酵臭がする。躊躇う槙の反応を見ながら、ファティが自分の器に注がれたそれを一気に飲み干した。

ゴクゴクと音とともに上下する喉仏を見ていたら、急激な喉の渇きを覚えるのと同時に、胸がざわついた。

「飲まないのか？」

無造作に濡れた唇を手の甲で拭う様を見て、突然に鼓動が高鳴った。自分でその反応に驚きながら、槙は器を両手で摑んだ。

「飲みます」

ぐっと一気に飲むと、予想以上に強いアルコールが喉を焼く。

「おい。一気に飲んだら……」

ファティの制止は遅かった。

瞬時にかっと顔が熱くなって、鼓動が信じられないほど速くなっている。

「大丈夫か？」

心配そうなファティの顔が、すぐ目の前にあった。

端整な顔立ちは、アリームに似ている。でもここまで間近で見ると、似ているが違うのがわかる。

眼鏡をかけていてよく顔が見えるせいか、それとも髭がないせいか。

「大丈夫ですよー。馬乳酒なら、アルコール度数、三パーセントもないですし」

「馬乳酒と似ているが同じではない」

槇の手から持っていた器が下ろされる。

「何が違うんですか」

槇自身、いつもどおりに聞き返しているつもりだった。だが実際は、語尾が伸びて呂律《ろれつ》も回っていない状態になっていることに、当人は気づけていない。

「アルコールの度数、五十度だ」

「そうなんですか。だからこんなに喉が熱いんですね」

「俺の顔が見えているか？」

肩を痛いぐらいに摑まれて、顔の前で指を振られる。ファティの顔がふたつに見えた。

そうか。いつのまにか、アリームも来ていたのか。槇は勝手に思い込んだ。

「遅いじゃないですか、来るの」

顔を合わせたら気まずいかもしれないと思いながら、でもいなかったらいなかったで不安になった。仕事だと言われても、昨夜の今日で、もしかしたら自分が何かしてしまったのではないかと、密《ひそ》かに不安になっていた。

でも、こうして今目の前にいるのなら、余計な心配だったのだろう。

「槙」

「至宝、です。名前で呼んでください」

体がふわふわしている。

伸ばされる手を掴んで、自分の頬に導く。

「至宝」

「そうです。キスしてください」

一瞬、目の前の相手が怯《ひる》むように体を震わせるのがわかった。

「嫌ですか」

甘えるようにもう一方の手も伸ばすと、その手は頬に触れる前に大きな手に掴まれた。

「嫌なわけがなかろう」

そう言いながらも、槙の求めには応じてくれない。

「それならどうしてキスをしてくれないんですか」

改めて問うと目の前の相手が苦笑する。

「後悔しないか？」

「どうしてですか？　俺は今、あなたとキスしたいのに」

我慢が効かず、槇は眼鏡を外して手にすると、目の前にある唇に貪りついた。

一瞬、強張《こわば》った体から、舌を絡めている間に力が抜けてくるのがわかった。

そしてそのキスに、槇の記憶が呼び覚まされる。

最初の夜に交わしたキスだ。

重なった唇を深くまで貪られ、奥の奥で絡められる舌は、火傷しそうなほどに熱かった。

遊びではない、体が蕩《とろ》けそうな感覚になった初めてのキス。それまでに散々交わしてきたはずのキスが、遊びに過ぎなかったのだと思わされた。

やはり、このキスだ。槇にこのキスをしたのはアリームだったのだ。

激しいキスをしながら、ゆっくり体を絨毯に押し倒されていく。食事の接待のために、部屋にいたはずの他の人間の姿はなくなっていた。

シャツのボタンを外され、デニムの前を開かされる。そして内腿に残る昨夜の情事のあとを、大きな手がゆっくり撫でていく。

「あ……っ」

「昨夜、よほど可愛がられたらしいな」

苦笑交じりの言葉に、槇はつられるようにして笑う。

自分がつけたくせに、他人事《ひとごと》のように言うのか。

だから槙は邪魔な布を自ら脱ぎ捨て、自ら膝を立て誘う。

「貴方が欲しくて疼いてるんです」

しつこいぐらいに挿入された場所は、潤いを施されなくても自然と濡れてくる。こんなふうに内側から熟れてくるほどに欲しいのは、初めての経験だった。

「だから、早くここにください」

いまだ服の下に隠されている欲望を。

「ここまでされて、据え膳《ぜん》を食わないのは俺の主義に反する」

それまで躊躇っていた男の手が、槙の膝に添えられる。そしてぐっと腰を掲げられ、欲望が欲しくて疼く場所を露わにした。

「もう引き返せないぞ。いいのか、それでも」

再度の確認に槙は微笑む。

「俺はもうとっくに、引き返せない場所にまで来ています」

5

柔らかく体を包む感触の心地よさに、槇はゆっくり寝返りを打った。しかしその瞬間、目元が眩しくなるだけでなく赤く感じられた。

何かが燃えているのではないかと思うほどの赤さに、急激に意識が覚醒していく。

「……っ」

慌てて起き上がった瞬間、強烈な頭のだるさに再び仰向けに倒れ込みながら、周辺が赤く染まっていることに気づいた。

「夕焼け……？」

視線の先に見える砂の地平線に、真っ赤な大きな太陽が沈むところだった。

広い空の大半と砂が、沈む太陽の光で染まっていたのだ。

「すごい」

夕陽など、日本でもヘイダルに来てからも、繰り返し目にしている。だがこれほどまでに大きく赤い夕陽を見るのは初めてかもしれない。

「お目覚めですか」

しばし自然の美に見惚れている槇の背後から、柔らかい口調の声が聞こえてくる。振り返った先にいたのは。

「アリーム……」

思わず名前を呟いてから、槇ははっとする。確か、遊牧民族のテントでファティと昼食を摂っていたはずだった。

それなのに今自分は、食事をしていたのとは異なるテント内のベッドで横たわっていたらしい。それも、素っ裸でだ。

そこでファティに言われて、馬乳酒に似たものを呑んだところで記憶が途絶えている。

「痛……っ」

何があったか思い出そうとすると、鈍い頭痛が襲ってくる。

「大丈夫ですか？　薬を用意させましょう」

「いや、薬はいりません。少し、頭が痛いぐらいなので……」

「無理はしないように」

心配そうに槇のそばに腰を下ろすアリームからは、長衣に焚き染められた独特の香りが漂ってくる。噎《む》せかえるような甘さに、昨夜の記憶が呼び覚まされた槇の頭を、アリームは自分の肩口に引き寄せた。

「五十度の酒を一気飲みすれば、かなり酒に強い方でも、意識が飛ぶのはある意味致し方ないことでしょう」

後頭部を優しく撫でられる心地よさに浸りつつ、槇は自分の今の状態に恥ずかしさを覚えた。

寝ていたベッドのシーツをずるずる引っ張りながら、槇はアリームから身を引いた。

「あの……俺の着替えは……」

「汚れてしまったそうなので、とりあえずこれを着ておくようにと」

アリームは一旦槇から離れると、用意されていた袋の中から純白の長衣を取り出した。どうして服が汚れたのかはあえて尋ねることなく、槇は渡された服を手に取る。顔を近づけるだけで、ふわりと良い香りがする。すっかり馴染んだ気がするのは、昨夜と先ほどの二度の情事のせいだろうか。

「薬を持ってきます。それを飲んで様子見をして、大丈夫そうでしたら帰りましょう」

「帰るって……」

どこへと尋ねようとしてすぐに現実だということを思い出す。懇親会に参加すべく、休暇を取っていた。もう夢から覚める時間だ。

自分は自分のあるべき場所へ戻る。そしてアリームやファティも、あるべき場所へ還《かえ》る。当然のことなのだが、少し感覚が麻痺《まひ》していたのは、どこか現実離れした光景を見ているせいだろうか。

「——そういえば、殿下は」

「ジアとの別れを惜しんで一緒に過ごしているようです」

ファティの愛鳥であり兄弟ともいえる、ジア。

「ヘサームには会えたんですか？」

「どうしてその名を？」

槙に確認するアリームは驚きの表情を見せている。

「殿下のジアがやってきたときに、みなさん、一羽ずつ愛鳥がいるという話で……」

「ああ、そうですか」

少し照れ臭そうにアリームは口元を手で覆う。

「ファティから聞いているでしょうが、私たちにとって鷹は兄弟にも等しい存在です。本来なら常に一緒に過ごしたいのですが、彼らにとって市街地は暮らしやすい場所ではないため、離れて過ごさざるを得ず……可哀想《かわいそう》な想いをさせています」

俯き加減でヘサームへの想いを語るアリームの表情に、なぜか槙の胸が締めつけられた。

アリームからもらった薬を服用して仮眠を取ると、体が楽になっていた。用意されていた民族衣装に身を包んだ自分の姿を鏡で見ると、不思議な感じがした。

ヘイダルに来て二か月になるが、この衣装を着るのは初めてだった。

袖を通すだけで、上質の生地であることがよくわかる。肌に馴染み皺になりにくい生地で、風通しもいい。

「……いい香り」

この衣装にも、品のいい香が焚き染められている。独特の香りに癒《いや》されながら着替えを済ませるものの、頭を覆うクーフィーヤは上手く巻けなかった。

この国で生活してみると、民族衣装の意味が理解できる。

頭を覆う布は、強い日差しから守るためのものであると同時に、細かい砂が髪に絡みつくのを避ける意味もあるようだ。

ヘイダルに来た当初、どれだけ洗髪しても、髪がゴワゴワしていた。理由は手に取ってもさらさらと舞っていく砂のせいだった。

でも布で覆っていると、髪に砂がつくのを避けられる。

かつて彼らは常に砂のある場所で生活していた。そんな生活から生まれた服装だ。

ヘイダルに来てから、日本にいた頃より、自然が生活に密着しているように感じられる。空も砂も空気も。

大きく深呼吸すると、自分もそんな自然の一部なのだと感じられる。

昨日まで滞在していた砂漠のホテルも、驚くほど自然に溶け込んでいたように思う。そして今いるこのテントも見事だ。

正直、これを「テント」と言っていいものかと悩む。話によると、トイレは水洗式で、浴室にはバスタブもあるらしい。

国に密着した建造物を見ていると、建築意欲を刺激される。

懇親会に出席するため砂漠を訪れていたものの、仕事モードから切り離されていた。しかしいざ現実に戻ろうとしている今、突然頭が切り替わろうとしているらしい。

床や壁、天井から下がるランプを眺めていると、アリームが迎えにやってくる。

「準備はできましたか……」

「はい、大丈夫です」

振り返った槇を見た瞬間、アリームの動きが止まった。じっと見られているのがわかって、槇は慌てた。

「どこかおかしいですか?」

「いえ、よく似合っていると思って見惚れただけです」

「……そう、ですか」

お世辞だと思いつつ、正面切って言われると、本当に似合っているのではないかと勘違いしそうになる。

「これ、どうやって頭に巻くかわからなかったんです」

「貸してください」

アリームは槇の前に立つと、手にしていたクーフィーヤを取って手際よく頭に巻くと、イカールで留める。時間にして僅かだったが、目の前にアリームが立っていると思うと落ち着かない気持ちにさせられた。

「必ずしも、決まった巻き方があるわけではありませんが、このやり方なら簡単に落ちてくることはないでしょう」

鏡で確認をすると、きつく締められているわけではないのに頭に留まっていた。

鏡の中にいる自分の姿を見ると不思議な気持ちになる。服だけでなく、頭にも布を巻いたことで、一気に雰囲気が変わった。

姿形だけでも、ヘイダルの人間になったような気持ちで、アリームについていくと、午前中、砂漠を滑走した4WDの前でファティが二羽の鷹と戯れていた。

「ヘサーム」

名前を呼ばれた一羽が、飼い主に気づいてすぐに飛んでくる。伸ばした腕に足を乗せると、開いた羽根をゆっくりはためかせる。槇は、ファティとジアとの関係とは違うアリームと愛鳥の関係を眺めていた。

「至宝」

と、ファティに下の名前で呼ばれたことに驚いて顔を上げる。しかし、当のファティはそれ以上何も言うことなく、槇の前でしばし立ち尽くしていた。

「どうかしましたか……もしかして、何かおかしいですか、俺」

頭の布はアリームに巻いてもらったが、ここまで移動するまでの間におかしくなったか。それともカンドゥーラのボタンを留め違えているのだろうか。改めて自分を見直していると、ファティに腕を摑まれる。

「……殿下?」

「よく似合っている」

予想していなかった言葉に、槇は一瞬、反応できなかった。そして不意に伸びてきた手が頬を撫でる。咄嗟に身構えつつも、頬を撫でる掌の感触に覚えがあった。困惑する槇を見つめるファティの視線は、これまでとは違って感じられる。強い光を放ちながら、肌を嘗めるような感覚に、強く鼓動する。

「ファティ。槙。行きましょう」

アリームに呼ばれてはっと我に返った槙は、ファティの手から逃げるように身を引いて車に乗り込んだ。


市街地まで送ってくれるという車の後部座席で、槙はずっと俯いていた。

運転席にはアリームが、助手席にはファティが座っていたものの、彼らも特に会話を交わすことなくしばらく沈黙が車内に広がっていた。

彼らにとってはそれが当たり前なのかもしれないが、槙はいたたまれない気持ちでいた。かといって何を話せばいいのかわからない。それ以上に、先ほどのファティが自分に向けてきた視線と、掌の感触が気になって仕方がない。

ファティが槙に触れたのは、さっきが初めてのはずだ。それなのに、槙はその感触を「知っていた」。

どうしてなのかと、車に乗ってからずっと考えている。だがどれだけ考えても、答えはひとつしか思いつかない。

知っているのは当然、ファティが槇に触れているからということ。

ではいつ、触れられたのか。それを考えたら背筋がひやりと冷たくなった。

「それで、例の件はどうなった？」

黙り込んでいた槇の耳に、ファティの声が飛び込んでくる。

「おかげ様で今朝、先方からメールがあって、解決しました。おかげで今日はその件で一日対応に追われましたが……槇さんにもご迷惑をおかけしてしまいすみません」

驚きに上げた槇の顔が、ルームミラーに映っていたのだろう。アリームはミラー越しに槇にも詫《わ》びてきた。

「迷惑……？」

「至宝は俺がしっかり観光案内したから、問題はない」

戸惑う槇の代わりにファティがアリームに応じる。

「偉そうに。案内と言いながら、貴方が好き放題に連れ回したのではありませんか？」

「そんなことはない。砂漠ドライブもした。それに何より、ここに連れて来るのが一番の観光案内だ。至宝、君もそう思うだろう？」

おもむろに助手席からファティが振り返ってきた。まるで子どものように身を乗り出してきたファティから、槙は咄嗟に逃れるように身を引いた。ほんの一瞬、僅かな動きだったが、ファティは気づいたのだろう。

「どうして逃げる？」

「驚いただけで、逃げたわけでは……」

　言い訳しながらも腰が引けてしまう槙の様子を、アリームはミラー越しに眺めていたのだろう。

「貴方はただでさえ迫力があるのですから、そんな剣幕で問い詰めたら、誰だって逃げたくなります。乗り出していたら危ないですから、きちんと座っていてください」

「問い詰めているわけではない」

　ファティはアリームの言葉に従い助手席に戻って、胸の前で腕を組む。

「それに、至宝が逃げるのも不本意だ。昼間のことを考えれば、素直に甘えてくれてもいいものを」

「え……」

　ほっと安堵《あんど》したのもつかの間、ファティの発言に槙は再びの驚きに息を呑む。その発言は、槙の疑問に対する答えとも言えた。

　昼間のこと——要するに槙の相手がアリームではなく、ファティだったということだ。

「抱いたんですか、槇を」

続くアリームの問いが、槇の疑問を肯定する。アリームが昼間の相手だったたなら、こんなことをファティに問うわけがない。

「抱いた」

そして当然のように答えるファティの発言で、無意識に膝を握った槇の手がぶるぶると震え出す。

「貴方にしては珍しい。気に入ったんですか?」

「当然だろう。気に入らない相手を抱いたりしない」

「どうだか」

「そんな生真面目な人だったら、子どもがいるわけがないでしょう」

「子ども……?」

アリームはファティの返答に苦笑する。

槇は条件反射のようにその単語を口にする。

「ご存じありませんか。ファティは結婚していませんが、婚外子がいるんです。六歳の女の子と、四歳の男の子、でしたか」

「失敬な。いずれの相手とも、俺は結婚するつもりだった」

不満気にファティは応じる。

「だが相手が妃になるのを拒んだんだ。俺に罪はない」

「まあ、ファティの言い分にも一理ありますが、貴方と結婚することはつまり、国を背負うことになるわけですから仕方がないですね。貴方がそういう相手を選んでいたわけではなかったということですから」

「正妻が嫌なら後宮に入ればいいのに」

「よく言いますね。自分の代から、一夫多妻制度をやめるつもりだと言っていたのは嘘ですか」

ファティとアリームの会話に、槇は茫然《ぼうぜん》とするしかなかった。

アリームが結婚しているのは知っていたし、子どもがいることも承知の上だった。

元々男同士で、割り切った関係のつもりだからだ。

だが、昼間抱かれた相手がファティだったという事実を、どう自分なりに受け入れればいいのかわからなくなっていた。

槇自身は、昼間の相手も当然アリームだと思っていたのだ。でも違った。

となると、最初の夜の相手はアリームだったのか。それともファティだったのか。

「そんなことよりも」

ファティは話を強引に終わらせた。

「お前はどうなんだ」

「何がです」

「抱いたんじゃないのか」

何を突然に聞くのかと槙は全身に力を入れる。

「ええ。懇親会の夜に」

あっさりアリームは認めてしまう。

「私たちはどうも好みが似ていますね」

「だな」

その言葉に対してファティは特に声を荒らげたりしない。ファティもまた、アリームの言葉を当然のように受け止めている。

そんな会話に違和感を覚えているのは槙だけだ。二人の話を聞いてどう反応したらよいかわからず、ただ目を瞠《みは》ることしかできない。

「芝の目はある意味確かだったということでしょうか？」

アリームの口から出た名前に槙は小さく息を呑む。そこで芝の名前が出てくるのはどうしてなのか。しかしファティはやはり「そうだな」と応じてから、肩を揺らして笑う。

「どうしました？」

「槇が驚いた顔をしている」

「ああ。そうですね」

ファティの発言で、ミラー越しに後部座席の様子を窺い見るアリームの視線と槇の視線が合ってしまう。

ミラー越し、さらに眼鏡越しの瞳を目にした瞬間、槇は我慢ができなくなった。

「どういうつもりなんですか」

「どういうつもり、とは？」

運転を続けたまま槇に聞いてくるアリームの口調は、やはり穏やかなままだ。そんな様子になんだか無性に苛々《いらいら》させられる。

「言葉のままです」

だからつい強い口調で言い返してしまう。

相手がファティなのかアリームなのかもわからず、体を任せていたのは自分だ。まさに自分のことは棚上げだとわかっている。だからといって、どちらに抱かれても構わないと思っていたわけではなく、躊躇いや罪悪感など様々な感情が渦巻いていた。

それなのに、槇を抱いたほうの相手は、昨夜の食事の内容を話すように情事について平然と語っている。

「俺のことを一体なんだと思っているんですか」

「何、とは？」

「お互いに気に入ったとか抱いたとか……どうしてそんな話を、当たり前のように俺の前でできるんですか」

「したら駄目なのか？」

槇の予想を超えた返答をしたのはファティだ。

後部座席を振り返りもしない。

「駄目かどうかはともかく、少なくとも俺は嫌です」

「どうして？」

「普通に考えて、セックスの話を他人にするなんてありえないことです」

「普通、ねえ」

ムキになって抗議する槇の言葉を取り上げて、ファティは笑う。

「何がおかしいんですか」

「男同士でセックスしておいて、普通も何もないだろうと思っただけのことだ」

「……………っ」

　ファティの指摘に槇はぐっと言葉に詰まる。

「俺たちの国は一夫多妻だが日本は違う。日本の普通とヘイダルの普通は違う。何をもってして普通だと言うつもりだ」

　返す言葉はなかった。

　悔しさと恥ずかしさに、槇は唇をぎゅっと嚙み締める。

「至宝は俺よりアリームのことが気に入っているようだから、ついでに言っておく」

　そして突然にファティは槇の心を見透かした言葉を口にする。アリームもファティに視線を向けるが、特に口を挟みはしない。

「アリームは俺の一部だ。だから、アリームのものは俺のものだ」

「どういうことですか、それ。意味がわかりません」

「至宝が理解しようがしまいが関係ない。これは、何があろうと変わらない」

　ミラー越しに見えるアリームは、槇の視線に気づきながら、ファティの言葉を否定することはなかった。

　そのあと、ファティはもちろん、アリームも口を開くことはなかった。

　槇は後部座席で一人、やり場のない感情を抱えていなければならなかった。

　膝に置いた手を、ただじっと見つめることしかできない。

怒りたいのか泣きたいのか笑いたいのか、自分で自分の気持ちがわからなかった。アリームに抱かれたにせよ、ファティに抱かれたにせよ、最初は割り切っていたつもりだった。

でも、どこで何が変わったのか。昼間自分を抱いたのがアリームでなかったこと、そしてアリームが自分を抱いたことをファティに話していた事実にショックを受けている。アリームの人となりなど、ろくに知りもしない。ホテルに来た初日の夜にした僅かな会話で、心惹かれただけだ。翌日の懇親会で再会を果たしたときに、勝手に運命を感じ、夜に再び会えたことで、一人浮足立ったのだ。

こんなこと、初めてだった。

思春期の頃ですら、こんなふうな気持ちになったことはない。

きっと槇のアリームへの想いも、綺麗な感情ではない。相手も同じ気持ちでいただろうという思い込みゆえに、現実との乖離《かいり》についていけていないだけに違いない。

わかっている。わかっていても、気持ちの上で納得できていない。

何より自分が淫乱な人間だということを、一夜の相手に知られてしまったことが、恥ずかしくてたまらなかった。

6

中東の国の多くは、金曜日と、その前後の木曜日、もしくは土曜日が休みとされている。しかしヘイダルは独立直後から、西欧やアジア諸国との取引の活性化を図るべく、独自のカレンダーを用い、日曜日を休日とした。

休暇明け、一週間を忙しく働いた槙は、明日が休みだということに気づいて、大きなため息を吐《つ》いた。

槙の携わっている一連の事業の総称であるヘイダルプロジェクトは、ヘイダルが独立直後から現在まで継続していて、現在で第五期に差しかかっている。

他の国に先駆けて近代化に突き進んだＵＡＥをモデルに、現ヘイダル国王が先導した計画だ。

その計画中に石油も産出されたものの、天然資源には限りがあることを危惧《きぐ》している国王は、計画を変更しなかった。

潤沢な資金を背景に、ヘイダルはアリームが代表となる湾岸開発を行うワーリヌと同時に、ヘイダル・パワーが市街地の開発を同時に進行させることが可能となった。

表向き両社は同じヘイダルの王族がトップを務めているため、良好な関係性を保っているように思われているが、その裏では壮絶な利権争いがあるらしい。

あくまで噂《うわさ》ではあるが、現皇太子とその弟でありアリームの父でもある現石油相との仲がよくないからだという。

とはいえ、もちろん仕事をする上で、今のところ槙に不都合はない。

槙は主に新規開発する、ショッピングモールとオフィスビルを一体化させた街づくりの設計を担当している。槙が担当する前に土台は既に完成しているが、既存のモールとは異なる「何か」を期待されての配属らしい。

既にいくつかのプランを、プロジェクトに参加している他のゼネコン担当者たちと打ち合わせているが、決定稿にまでは至っていなかった。

しかし先日の休暇明けに提出した青写真は、思いのほか担当者たちに好評だった。

これまで構想していたプランは、近代化を意識した未来都市のようなものだったのだが、そのようなモールは既にいくつもできあがっている。ならばと原点回帰で、中東の風土と特徴を活かしたモールにすることにしたのだ。

もちろん、本当の砂漠などこの国の人間は見飽きている。だからあくまで、外の人間がイメージする中東を、テーマパーク的に表現する方向性を選んだ。

これまでの槇だったら、絶対に考えなかったイメージだ。しかし本当の砂漠を見て、その広大さに圧倒された。

どこまでも広がる砂の地平線。赤く染まる空と同じ色に染まる砂。

満天の星が煌《きら》めく夜空。

どこかおとぎの国に迷い込んだような気持ちを味わえる、テーマパーク的な感覚とともに、その場で生活する人々の息吹も感じてもらいたい。一度訪れたらそれで終わりではなく、繰り返し行きたくなる場所――具体的な形にはなっていなくても、槇のそんな方向性はプロジェクトメンバーの創作意欲を掻《か》き立てたらしい。

商社時代、アジアでインフラに関する仕事に携わっている。しかしそのときはあくまでも商社は連絡係的な役割で、実際の建設に関する仕事は、合同でプロジェクトに参加していた電機関連企業やゼネコンが担当していた。だから槇は、次から次に上がってくる設計図を眺めていることしかできなかった。

でも今は違う。自らの手で、設計図の中でしか存在しなかった街を、形にできるのだ。

そのために怒濤《どとう》のような日々を過ごして、気づけば週末が訪れていた。

「帰るか」

誰《だれ》に言うでもなく呟《つぶや》いて、眼鏡《めがね》のブリッジを押し上げてから自宅へ帰ろうとしていると、槇の携帯電話が鳴った。

なんだろうかと手に取った携帯電話に表示されている名前に、槇は驚いた。

「芝さん……」

一週間前、懇親会の会場で顔を合わせて以降、芝は事務所にも顔を出さなかった。

もちろん、今に始まった話ではないものの、この間のことがあった手前、槇は芝と会って話をしたかった。

事務所の入っているビルのそばにある、酒の提供が可能なトルコ料理店で待ち合わせた芝は、悪びれることなくそう言ってのける。

「悪い悪い。俺も色々忙しくてさ」

大柄な体躯《たいく》の芝は、注文したビールを既に三杯飲み干している。しかし槇は酒を飲む気にはなれず、ガス入りの水で喉《のど》を潤す。

「でも仕事の状況だけはちゃんと把握している。お前、ずいぶんいい提案をしたらしいじゃないか」

槇が話をするよりも前に、芝は自分から切り出してきた。

「芝さんの耳に、もう入ってるんですか？」

「当然だろう。一応俺、今回のプロジェクトにおける、うちの会社の責任者だぞ」

「あ……」

そういえばそうだったと今さら思い出したとは、さすがに槇は言えなかった。が、芝には表情で伝わったらしい。

「って、お前、その顔は失礼だぞ」

ペシッと頭を軽く叩《たた》かれてしまう。

「すみません。でも、俺がヘイダルに来てから、事務所に顔を出されていないので、もしかしたら部署が異動になったのかと思ってました」

「そんなわけないだろう。あちこちで会議してるんだよ。この間も、懇親会に顔を出したあと、シンガポールまで行ってきたぐらいだ」

「そうだったんですか」

槇が芝と出会ったのも、アジアで仕事をしているときだった。現場での仕事をしている槇と違って、営業や交渉が専門の芝が具体的に何をしているか、よくわかっていない。

「それよりも、どうだった？」

新たな酒を追加しながら芝は槇の肩をがしっと摑《つか》んで引き寄せてきた。

その勢いで、かけていた眼鏡がずれる。

「何がですか」

眼鏡を直しながら尋ねた槇に、芝は笑った。

「懇親会だ」

わざと耳元で潜めた声で尋ねられ、背筋がぞくりと震えた。

この一週間、忙しく働いた理由は、懇親会のことを思い出さないようにするためだ。それでもふと気を緩めた瞬間、呼び覚まされる記憶に、複雑な感情が湧《わ》き上がってしまった。

槇にとって先週の出来事は、どこか現実味を帯びていない。しかし夢にしたかったが、夢でないことは明らかだった。

槇が暮らしているマンションまで送ってくれたあと、アリームともファティとも、連絡は取っていない。ちなみに、槇から彼らに連絡を取る術《すべ》がない。

さすがに取引先企業のトップに、特に用もなく連絡を取るほど、槇は厚顔ではない。

おまけに砂漠での出来事は、槇にとって思い出したい記憶ではない。いや、違う。思い出したら苦しくなるから、思い出さないようにしていたのだ。

あの日、家に着て帰った民族衣装は、クリーニングに出したあと、ワーリヌのアリーム宛に送り返した。その後、何も言ってきていないが、かえってせいせいした。

とにかく余計なことを考えないためくたくたになるまで仕事をして、家に帰ると何も考えずにシャワーを浴びてそのままベッドに倒れ込む。昼食だけはかろうじて摂《と》っていたが、食欲も湧かなかった。

だから今、レストランにいても、食べているのは芝ばかりだった。

挙句の果てに、芝は槇の触れたくない過去の話を、久しぶりにやってきたにもかかわらず、丁寧にほじくり返してくる。

それも好奇心丸出しの表情に、槇はさすがに引っかかりを覚えた。

「芝さん、あの二人にどんな話をしてたんですか？」

「あの二人？」

いちいち確認せずともわかっているだろうに、芝はにやにや笑っている。

「アリームさんとファティ殿下です」

「もしかして、何か言われたか？」

改めて、彼らに言われた言葉を思い出す。

最初にアリームに言われたのがこれだ。

『芝から、優秀な社員が入ったと聞いていました』

大学時代からの知り合いであるというアリームに、芝は槙の話をしたらしい。

どういう流れかはわからないが、芝は槙をアリームの前で褒めたたえたのだろう。

『やる気のある、面白い着眼点を持つ建築家で、柔軟な考え方を持った人物』

こう言われたとき、槙は驚きつつも、芝が自分をそんなふうに思ってくれていたことに喜んだ。

自社に引き抜いてくれた以上、なんらか、認めてくれていただろうとは思っていたが、具体的にどう評価してくれているかまでは知らなかった。

ここまでは、槙の仕事に対する評価だ。

しかし彼らはさらに気になることを言っていた。

アリームは、自分とファティの「好みが似ている」と言った。その上でこう続けたのだ。

『芝の目はある意味確かだったということでしょうか？』

この場合の「好み」は、単純に考えれば、人間としての好みだ。事実として、槙は彼らに抱かれている。となると芝は最初から、「そのつもり」で自分を彼らに紹介したということにならないか。

そこに考えが思い当たった瞬間、背筋がひやりと冷たくなった。

「なあ、なんて言われた？」

酒が入っているせいか、聞き方が執拗《しつよう》で陰湿に感じられる。

「芝さんはよく知ってるんじゃありませんか？」

強い口調で突き放すように言うと、芝は大袈裟《おおげさ》に肩を竦《すく》めた。

「冷たいな。それが上司に対する態度か？」

ここで仕事の上下関係を持ちだす意地の悪さに、槇はつい無意識に芝を睨《にら》んでしまう。

「なんだよ、怖い顔して。俺はお前のためになると思って動いているのに」

「俺のためになるって、何がですか」

きっと何気なく口にしただろう芝の言葉に槇は敏感に反応する。と、芝はすぐにピンときたらしい。

「お前、男が好きだったよな。アリームに迫られたか。それともファティか？」

喉の奥で笑う。

「どうせなら、やっぱり取引先のトップで、将来ヘイダルの王になるファティだろう。今のうちに媚《こ》び売っておけば、うちの会社に絶対得になる」

冗談だろうとは思った。

別会社で仕事をしているときにも、芝はノリの良さが売りで、下ネタも当然のようにしてくる男だった。

槙もそれはわかっているつもりだ。槙自身、かなり奔放な性生活を送っていたし、そんな芝に魅力を感じていた頃もあった。

でも今は何かが違っていた。

瞬間、頭の中で爆発するような感覚を覚えた。両手でバンっとテーブルを叩くようにして立ち上がると、店にいた他の客の視線が一斉に槙たちに向けられる。

「座れよ、槙。少し落ち着け」

「人のこと、苛《いら》つかせているのは誰ですか」

芝の発言に神経が逆撫《さかな》でされる。掴まれた手を思い切り振り払って、脱いでいた上着を手に取った。

「ここは、芝さんの奢《おご》りということで。ごちそうさまです」

「お、おい、待てよ、槙。槙って！」

槙が本気で怒っているとは思っていなかったのだろう。芝は呼び止めるべく名前を呼んでいたが、槙は足を止めることなく大股《おおまた》に歩いて店を出る。

「一体、なんなんだ、あの人は！」

槙は怒っていた。

ヘイダルに来たのも、少なからず憧《あこが》れや芝に対する好意があったからだ。

それなのに、ヘイダルに来てみたらこのありさまだ。もちろん、元々担当している仕事が違うのだから、一緒に仕事できるとは限らない。

それでももう少し、関《かか》わりがあると思っていた。関わりがなかったにせよ、こんなふうに、わけのわからない言動を取られると、怒りしか生まれてこない。

今の芝の発言や、アリームやファティの理解不能だった発言を合わせてみると、槇がヘイダルに来た理由について邪推したくなってしまう。

仕事ができるからではなく、小説やドラマ、映画のネタでしかない、人身御供のような状況ではないか、と。媚びを売れば会社の得になるという言葉も、芝には冗談だとしても言われたくなかった。

もちろん、彼らが自分にしてきた裏に、深い意味などないと思う。

大体、若く美しい娘ならともかく、それほどの価値が自分にあるとは思えない。芝が槇を人身御供に彼らに差し出す理由も思いつかない。

「考えすぎだ」

頭を左右に振って冷静になろうとしたとき、歩いていた槇の隣に黒塗りのセダンが滑るようにして停まる。

「槇！」

名前を呼ばれて顔を向けると、黒のシールドを貼《は》られたパワーウィンドウが下がって、アリームが顔を出してきた。

「え……」

「よかった。今、君の家へ向かうところだったんです」

「俺の家って……どうしてですか」

「もちろん、ファティが招いているからです」

砂漠から戻って一週間。

あのときのことはすべて夢だったのだと、やっとのことで忘れようとしていた。それなのに、車から降りた男の白いカンドゥーラから漂う香りで、一気に記憶が引き戻され、全身に震えが走り抜けていく。

「詳しい話はあとで。とりあえず乗りなさい」

車から降りたアリームは、有無を言わさず槙の腕を掴んできた。掌《てのひら》から伝わる温《ぬく》もりに、あの夜のことが蘇《よみがえ》ってくる。予想外のアリームとの再会で停止していた思考が、一気に活動を始めた。

「嫌です」

咄嗟《とっさ》に拒んで手を払おうとした。しかしアリームは槙の手を放そうとはしない。

「どうして」

拒まれるとは思っていなかったのだろう。アリームは怪訝《けげん》な表情を見せながら、自分の髭《ひげ》を指でなぞった。

瞬間、キスをしたときの、あの髭の感触が蘇ってくる。

これまでつき合ってきた相手には、髭を生やしていた人もいた。だがお洒落《しゃれ》で生やしている程度で、キスをしているときに、髭の感触を強烈に意識したことはなかった。

だがアリームとのキスは違った。

深いキスをされればされるほど、彼の髭が存在をアピールしてきた。

おそらく、髭だけの記憶ではない。アリームの濃厚で巧みなキスの記憶と合わさっているのだろう。

アリームの髭は、否応なしに押さえつけている槙の情欲を呼び覚ます。

「理由はアリームさんがよくおわかりだと思います」

槙は摑まれた手ごとアリームの胸を押し返す。こうして相手に触れるだけで、体に残された情事の感覚が呼び覚まされる。この一週間、無我夢中で仕事をしていたのが、無意味だったと思わされる。

情けないほどに体は正直だ。でもここでアリームに従ったら駄目だと本能が訴えている。

芝が、アリームが、そしてファティが何を考えているのか、どういうつもりなのかわからない今なら、まだ引き返せる。どこからか何からかもわからないが、槙は無意識に逃げねばならないと思っている。

「芝に何か言われたんですか？」

しっかり槙の腕を摑んだままアリームに言われて、はっと顔を上げる。瞬間、槙を見るアリームのと、アリームを見た槙の視線が絡み合う。

「あの男に何を言われたか大方予想がつく。そして君が私を警戒するのもわかります」

アリームは空いているほうの手を、槙の顔に伸ばしてくる。頰《ほお》を撫で細い顎《あご》を軽く指で辿《たど》った。

「ただ、何もかも今さらです」

「アリームさ――」

どういう意味なのかと問おうとした。

だが口を開くよりも前に腹に鈍い痛みが生まれ、アリームの姿がゆっくり目の前から消えていく。

「手荒な真似《まね》はしたくなかったのですが……しばらく、眠っていらしてください」

前のめりに倒れた槙の体は、アリームの腕の中に倒れていった。

閉じた瞼《まぶた》の裏に最初に浮かび上がるのは、髭を蓄えた男の顔だった。

砂漠のホテルでの二日目の夜、槇の肌を弄《まさぐ》った掌の温もりと大きさは、肌だけでなく細胞のひとつひとつに刻まれている。

愛撫《あいぶ》という言葉の意味を、改めて教えてくれた。

全身くまなく撫でられ、丁寧に煽《あお》られた。

全裸になっているというだけでなく、心まで晒《さら》しているような羞恥《しゅうち》心に襲われるセックスは、それ以上の快楽をもたらした。

気を許した瞬間、体の奥深い場所で疼《うず》いた欲望の感覚も思い出してしまう。

繰り返される律動と熱。

この一週間、何も考えまいとくたくたになって眠っていても、夢の中で槇は何度となくアリームに抱かれていた。

そして同時に、最初の夜の記憶も蘇る。

曖昧《あいまい》な視界とアルコールのせいで不鮮明な記憶の中で、槇が最初に触れたのは誰だったのか。

アリームに抱かれたとき、あれはアリームだったに違いないと確信したつもりでいた。しかし、砂漠のテントで槙を抱いたのがファティだったと知った段階で、確信が確信でなくなってしまった。

あれは、誰だったのか。

噎《む》せかえるような暑さの中、突然に槙の意識が覚醒《かくせい》する。

「目覚めましたか」

靄《もや》がかかったような視界に浮かび上がったアリームの姿に、槙は目を見開いた。そして次の瞬間、自分のいる場所に気づいて辺りを見回した。

目の前がぼんやりしているのは、眼鏡がないせいではない。

美しい繊細な細工を施されたタイルで埋め尽くされた天井と、仄《ほの》かな間接照明に照らされた幻想的な空間は、白い蒸気が立ち込めている。

槙はその場所の中央に位置する大理石でできたベッドの上に仰向けで横たわっていた。

そんな槙の剝《む》き出しの大腿《だいたい》を、上半身を露《あら》わにして、腰から下半身を布で覆ったアリームが触っていた。

「何、を」

「じっとしていてください」

額に汗しながら、アリームは手慣れた様子で槙の体をマッサージしていく。足の先からつけ根まで、じっくりとリンパを流すような掌の動きに、セックスで感じるのとは異なる悦《よろこ》びが全身を駆け巡っていく。

ここは、ハマムか。

元々は公衆浴場だったハマムは、中東を中心に広がった、蒸気の風呂《ふろ》だ。水を使わず四、五十度に熱せられた石の上で汗を流し、オイルなどでマッサージをする。

最近は高級ホテルでスパの一環として行われているらしいが、実際に体験するのは初めてだった。

感覚的にはサウナに近い。

ただサウナと違うのは、まるで神殿や教会と見まごうばかりの高い天井と豪華な装飾を施された広大な空間全体が、ハマムの施設になっていることだろうか。

荘厳な空間に驚きつつ、どうして自分がこの場でアリームにマッサージを受けているのか、槙は理解できていなかった。

芝との食事を途中で抜け出した先で、アリームに出会った。無理やり車に乗せられたところで、記憶が途切れている。あのとき腹に一発食らったのだ。

「……っ」

体の向きを変えようとして、腹に鈍い痛みが走った。

「申し訳ありません。痣《あざ》になりますね」

槇の体をマッサージしているアリームは、己が殴った場所にそっと手を添えてくる。

「ここはどこですか」

痛みを堪《こら》えて尋ねる。

「市街地にある、ファティの私邸のハマムです」

それならば、豪華な内装や装飾もわかる。

だがそのファティの私邸は、一体どこにあるのか。

「ここに来てもらうにあたり、手荒なことをしたことについては謝ります」

槇が何かを言うよりも前にアリームは謝罪してくる。

「ですが、貴方《あなた》も悪いんですよ。無駄な悪あがきをしようとするから」

「悪あがきってなんですか。ただ誘いを断っただけじゃないですか」

「それが悪あがきだと言うんです」

アリームは、そこを労《いた》わるように、いたぶるように、細かく指で撫でてくる。ぺろりと唇を嘗《な》める舌のいやらしい動きに、無防備な状態で槇の下肢が反応してしまう。

「んっ」

「貴方は既に、ファティのものですから」

「それは、どういう……っ」

慌てて手で覆い隠そうとするが、アリームには既にばれていた。しかし直接触れることはなく、オイルを使って足をマッサージし続けている。

「詳しい話はのちほどいたしましょう。今はおとなしくしていなさい」

「おとなしくって言われても……っ」

槙の抵抗を、アリームは巧みな手技で封じていく。性的な興奮を呼び覚ますだけでなく、アリームのマッサージで、体の芯《しん》から力が抜けていくようだ。

「あ……」

「気持ちいいでしょう？」

悔しいが否定はできなかった。

ハマム自体、経験するのは初めてだった。

頭がぼんやりするほどの蒸気のせいもあるかもしれない。あとは、室内に満ちている甘い香りのせいか、眠気のようなだるさが全身に広がっている。

足首から太腿《ふともも》のつけ根まで、徐々に上がっていくアリームの指が、小刻みに震え熱を溜《た》めていく槙自身に微《かす》かに触れる。

槇はそのたびに息を呑《の》みながら、汗を流しつつマッサージを続ける男を見つめた。

頭を覆う布がないため、長い髪が逞《たくま》しい肩から胸元に落ちていく。白い蒸気の中、槇は肩口に描かれている鷹《たか》を凝視する。

「ああ、そうか」

思い出したように呟いた言葉は声となって口から零《こぼ》れ落ちていたらしい。

「何が、そうか、なんです？」

アリームが槇の声を聞き漏らすわけがない。

「鷹。ヘサームの代わりなのかと思って」

「そうです」

アリームは槇の指摘を肯定する。

「アリームの左肩にヘサームがいるように、俺の右肩にはジアが描かれている」

「え……？」

驚きに槇が声を上げると、目の前にはファティが、アリームと同じように頭の布はなく、上半身裸で、腰から布を巻いた格好で立っていた。

並んでいると、ファティとアリームの二人が、陰と陽、太陽と月のように、背中合わせの存在のように思える。

アリームは金色に近い茶色の髪で、ファティは暗闇《くらやみ》を思い起こさせる漆黒の髪をしている。それぞれ肩に描かれた鷹も、まるで一対のように感じられた。

アリームの瞳《ひとみ》は淡い茶色で、ファティの瞳は蒼味《あおみ》がかった黒色だ。

そして槇は思い出す。

最初の夜、プールサイドで出会った男に描かれていた鷹は、右の肩に飛んでいたことを。

7

二人のもとまでやってきたファティは、当然のように槇の体に手を伸ばしてくる。

「……あ」

これまで触れていたのとは異なる掌の感触に、槇の全身が反応する。

槇の肌はファティの温もりも覚えていた。

砂漠のテントで、馬乳酒を飲み泥酔した状態の槇を抱いたのは、アリームではなくファティだった。

それだけではない。

「砂漠のホテルで最初の夜に会ったのは……殿下だったんですね」

もしかしたらと思いながら、頭の中でアリームであればという強い願いから、ファティだという様々な証拠を見間違いや思い込みだと考えていた。

だがもう自分で自分に嘘《うそ》は吐けなかった。

「今までわからなかったのか？」

呆《あき》れたようにファティは言いながらも、その声からは怒りの感情は感じられなかった。

そんなファティに、槇は躊躇《ためら》いつつも尋ねる。

「最初に出会った夜から、俺が俺だとわかっていたんですか」

「当然だろう」

つまり、行きずりの相手ではなく、槇至宝という人間だとわかっていたということ。

槇の膝《ひざ》に移動したファティの手が、内腿へするりと滑り込んでくる。しかし起き上がりかけている槇自身には触れることはなく、筋肉の線に従って指を移動させていく。

「……っ」

「前日から泊まっているのを芝から聞いて、どんな男か観に行った。そして噂に違《たが》わぬ姿を目にして、声をかけずにいられなかった」

「それは……」

改めて、芝が二人にしていたという自分の噂の内容を確認しようとした。

「名乗ってくれればよかったのに」

「それでは面白くないだろう」

伸びてきたアリームの指に乳首を抓《つね》られたために、先の言葉を紡げなくなった。

「それに、正体を知らないからこそわかる本性がある。お前が俺の思うような人間でなければ、翌日にも挨拶《あいさつ》をするつもりはなかった」

悪戯《いたずら》っぽく笑いつつも、槇を見る目は笑っていなかった。

「だがお前は、予想を上回る極上の料理として、俺の前に存在した」

槇の体を辿るファティの指先は、優しくそこを愛撫しながら、ふとした瞬間、凶器に変わるのかもしれないと思わされる。

「様子見をするだけのつもりが、あの場で味わってやりたい気持ちになったが、あいにくそういうわけにはいかない。だから試し食いをするだけで、実際味わうのは毒見役のコメントを聞いてからにした」

「毒見役って……」

誰なのかは問わなくても、アリーム以外にはありえない。槇が責めるような視線を向けても、アリームは穏やかな表情を変えない。

「生まれてから常に、俺が何かをする前には必ずアリームが先に経験し試してきた。友人関係でも恋愛関係でもそうだ」

「どういう意味ですか」

ファティが特別な存在なのはわかる。でもアリームにも皇位継承の権利がある。にもかかわらずファティの毒見役という意味がわからない。

「食事はともかく、恋愛や友人関係もなんて、普通じゃない」

「また言うか。では改めて聞こう。普通とはなんだ」

ファティは槇の体の脇《わき》に両手をついて顔を近づけて聞いてくる。

「それは……」

「答えられないだろう。この間も言ったはずだ。大体、日本という安全で平和な国で育った人間と、このヘイダルで生きる俺たちとでは、普通という言葉の概念自体が違う。平和とは何か。人とは何か。自由とは何か」

突き放すように言って、ファティは槇から離れていく。砂漠から戻ってくる車の中でも言われた。一夫多妻制度を取るヘイダルと日本では、恋愛に関する考え方も違う、と。

確かに生まれは日本で、高校に上がる前には日本に帰国している。だがそれまでは海外で生活しているし、就職してからも海外生活は長い。

でも、言い方がある。

槇を完全に突き放したそのファティの言い方にかちんときた。

「違うと言うなら、何が違うか教えてください」

こんな状況だ。何を恐れることもなかった。槇は開き直っていた。

「至宝。お前は少し、自分の置かれている状況を正確に認識すべきだ」

呆れつつも苦笑を漏らしながらのファティの言葉に、槇は怪訝な気持ちになる。

「何がですか。貴方がこの国の王になる方だということですか。それとも、取引先のトップだということですか。そんな人に対して、失礼な態度を取っていることなら自覚しています」

「それは今さらだろう」

槇は真剣に言ったつもりだったが、ファティは肩を揺らして笑う。

「お前がどうして今、ここにいるかという理由についてだ」

「それはアリームさんに連れて来られたから」

「そうではない。お前がどうしてヘイダルに来たかという、根本的な理由について尋ねている」

改めて問われて、槇ははっと息を呑む。

槇がヘイダルに来たのは芝の引き抜きがあったから。そして今この場にいるのは、芝がこの二人に槇という人間のことを話したことも、原因のひとつとなっている。

芝が自分をこの二人に話した理由はなぜか。

人身御供に差し出したとして、どんな意味があったのか。理由があったのか。

ずっと気になりながら、確かめることのできなかった疑問が、今さら湧き上がってくる。

「アリーム」

しかしファティは、そんな槙の疑問に応《こた》えるつもりは毛頭ないのだろう。

「至宝の足を抱えていろ」

唐突なファティの命令に、アリームは当然のように従うべく、槙の上半身を背後から起こしたかと思うと、そのまま両膝ごと抱え込んだ。

「何をす……ん、んっ」

その状態でアリームに唇を重ねられる。慣れた濃厚なキスに、抵抗する気持ちが根こそぎ奪われてしまう。

半開きの状態の口腔《こうこう》内に舌を伸ばされ、激しく探られる。無理やり舌を絡められ吸われ、飲み干せない唾液《だえき》が唇の端を伝って喉を濡《ぬ》らす。

無理な体勢で口腔をアリームに蹂躙《じゅうりん》される一方で、無防備な状態で晒した槙の下半身には、ファティの手が伸びていた。

全身への思わせぶりなマッサージに加え、濃厚なキスや胸への愛撫で既に高ぶっている槙自身には触れることなく、膝を左右に大きく開かれたことで露わになった腰の窄《すぼ》まりに触れてくる。

「初めて見たときも思ったが、至宝のここは実にいやらしい色をしている」

細かな襞《ひだ》のひとつひとつを確認するように爪《つめ》で刺激してくる。

「んん……っ」

羞恥を伴う強烈な快楽が、触れられた場所から体中に広がっていく。さらに直接刺激されていないペニスにも、熱が溜まっていく。

二人から同時に責められることなど、これまでに経験はなかった。この状況に不安のほうが大きい――はずだが、体が勝手に反応していく。

「な、んで……」

唇の角度を変えられるわずかな隙《すき》に、槙は戸惑いの声を上げる。

「なんで……嘘、だ……」

触れられる場所すべてに、痛いほどに感じてしまう。ビクビク体を震わせ、ペニスがみるみる硬くなっていく。

「な、んで……あ、あ、あ、ん……」

自分でも想像しない甘い声が溢《あふ》れて、酒にでも酔ったかのように頭の中が白濁して全身が甘い香りに包まれていく。

「心配することはありません」

槙の舌を指で嬲《なぶ》りながらアリームは優しく微笑《ほほえ》む。

「貴方はシーシャの香りに反応しているんでしょう」

シーシャ……この空間に満ちている甘い香りは、水煙草《みずたばこ》の香りなのか。そういえば、初めてファティに会った夜にも漂っていた香りと似ているかもしれない。

「我がヘイダルに伝わる独自の香りです。本来、まったく害のないものですが、ごくごくたまに、この香りに過剰に反応する人間がいるようです。媚薬《びやく》のように」

アリームが話す吐息や振動ですら、今の槇には愛撫に感じられてしまう。髪の毛先から足の指の爪先《つまさき》まで、すべてが性感帯にでもなったかのような気持ちがする。

だから、下肢の奥に触れられると、気が狂いそうなほど強烈な快感が全身を突き抜けていく。

「あああ……」

とてもじっとしていられる状態ではない。だが浅ましいほど下肢が震えていても、自分で慰めることもできない。

「アリーム。お前はここを味わったか?」

指をぐっと中に挿入しながら、ファティは槇の背後にいるアリームに確認する。

「もちろんです」

濃厚なキスを終わらせ、舌で唇に残る唾液を嘗めつつ、アリームは平然と応じる。

「わかっていたから、貴方も槇を味わったのでしょう？」

「ああ」

ファティは口の端を上げる。

槇を通り越してなされる会話で、二人との情事が蘇ってくる。

「最初の夜には感じなかったお前の匂《にお》いが、至宝に染《し》みついていた」

「それは失礼いたしました」

アリームの指が、半開きの槇の口腔内に伸びて、痺《しび》れるほど刺激された舌を摘《つま》んでくる。

「ん、ぐ……っ」

痛いほどに引っ張られているわけではない。ほんの少しの息苦しさを感じる程度で、自由を奪われ拘束されているような感覚に、もどかしさと曖昧な快感が混ざる。

「でもそんな匂いがファティの征服欲を掻き立てること、私はよく知っています」

「そうだな」

アリームに同意するのと同時に、ファティの人差し指と中指が、ぐっと槇の中に進んでくる。

「……っ」

「いい具合に締まっている。いやらしい体だな、至宝」

ファティは憎らしいほど冷静な口調で槇の体内を探る。内部に挿入された指をそれぞれ動かして、熱い肉を擦《こす》られると、堪えられずに腰が揺れる。

「気持ちいいのか」

ビクビクと小刻みに震える槇自身を、ファティが空いている手で握ってきた。

「ん、ん……っ」

気持ちがいい、という言葉では済まされないぐらいに、槇は感じていた。

ファティの指による快感なのか、それとも部屋に満たされている香りのせいなのか、よくわからなくなっていた。

アリームに舌を捕えられたまま、声を発することもできない。槇は視線をファティに送り、もう駄目だと訴える。

「ここがいいのか？」

しかしファティは愛撫の手を弱めることなく、前立腺《ぜんりつせん》を内側から刺激してきた。

「や、あ……っ」

口から指が抜かれ、ブルッと大きく震えた直後、そこに集まっていた熱がじわりと放出されていく。

「あ、あ、あ……」

ドクドクと愛液が溢れるのと同時に、全身を駆け巡る快感を、アリームに抱えられた状態の足の指先を丸めて懸命にやり過ごす。でも射精してなお、強く脈打つ槇自身から溢れた愛液は、槇を握っていたファティの手も濡らしていた。

汚れた己の手を眺めるファティの瞳に、蒼味が増すのと同時に、獰猛《どうもう》な色合いが混ざっていく。濡れた指に伸ばされた舌の赤さが、まるで血のように思える。

ファティはその手を、槇の顔の横に伸ばしてきた。条件反射で目を閉じるが、その手が求めたのは槇ではなかった。目の横を通り過ぎ、彼の指先が辿り着いたのはアリームの口元だった。

アリームは当然のようにファティの指に舌を伸ばし、そこに残る槇の残滓《ざんし》を嘗め取っていく。

いやらしく、優しく、丁寧な舌の動きに、槇自身が愛撫されているような錯覚に陥る。

「至宝」

名前を呼ばれてはっとすると、すぐ目の前にファティの顔があった。鼻先が擦れそうな距離で、視線を逸《そ》らすことすら許されない。キスされるのかと思って瞼を閉じようとした刹那《せつな》、ファティが囁《ささや》いた。

「お前はアリームが好きなのか」

不意打ちの問いに、槙は目を瞠《みは》った。

否とも諾とも答えられず、ただ唇を噛《か》むしかできないでいる槙の表情に、ファティが満足気に微笑む。

「そんな顔をするな。お前が望むのであれば、アリームはお前のものになる」

アリームが自分のものになる。

白濁した意識でも、ファティの言葉ははっきり聞こえた。

でも一体どういう意味なのか。

しかし尋ねる間もなく、槙の体内でファティの指の角度が変わり、爪で柔らかい場所を強く押してきた。

「や……っ」

擦られた内壁が溶け出して、新たな快楽を生む。

ぎりぎりで嬌声《きょうせい》を堪えた槙の反応を見つつ、ファティはゆっくりそこから指を引き抜く。無意識に、ぎゅっと窄まったそこに、指とは比べものにならないほど硬く熱いものが押しつけられる。

「そのためにはまず、お前は俺のものになる必要がある」

「何、を……」

ファティの驚くべき提案に槇は反応する余裕は与えられない。

狭い場所を抉りゆっくり押し開くようにして、ファティが槇の体を侵食してくる。

「あ、あ……っ」

強烈な圧迫感に自然と腰が逃れそうになる。だが背後から抱えられた状態で、逃げることなどできない。

「言っただろう。アリームは俺の一部だ。だから、アリームのものは俺のものだ。でも逆もまた成り立つ。俺のものはアリームのものでもある、と」

「それ、は……」

槇がファティのものになれば、アリームは槇を抱くのか。そしてファティのものであるアリームが、槇のものにもなるのか。

しかし答えは与えられることなく、ズブズブとファティと自分の体が繫《つな》がっていく様を、槇は目を逸らすこともできずに見つめてしまう。

「見えているか」

顎に伸びてきたファティの手に、顔を上向きにさせられる。

「まずは、お前が俺のものになれ。そのために、今、お前を抱いているのが誰か、しっかり見ておけ」

笑いながらファティの舌が槇の唇を嘗める。

「ん……」

ねっとりとした感触に、槇は自分から唇を寄せていく。だがその唇から逃れてファティは言った。

「アリームではない。お前は好きなアリームの前で、俺、ファティに抱かれているんだ」

ファティの言葉が、槇の耳から体に染み込んでいく。

「わかるか」

確認してくる言葉に首を左右に振ってしまう。ファティは当然、槇が理解していてあえて反対の行動に出たのはわかっていたのだろう。槇の顎を痛いぐらいに摑むとそこに歯を立ててくる。

「わからないと言うなら、わかるまで繰り返しここに俺を突き立てるまでのことだ」

いくつも下がった豪華なモロッコランプが天井を照らす部屋に移動したのがいつだったか、槇はわかっていなかった。

天井まで届く窓の外には、夜のアルデバランが見下ろせていたが、槇には夜景を楽しむ余裕などなかった。

天蓋《てんがい》つきの巨大なベッドに裸のまま横たえられた瞬間、足を大きく左右に開かれて、猛《たけ》った男のものを深く挿入される。

条件反射のように喘《あえ》ぎそうになったものの、開いた口腔内には、他の男の欲望が突き立てられる。

「ん、ぐ……っ」

両方を同時に犯されながら、それでも反応して勃起《ぼっき》する欲望を、大きな手で激しく扱《しご》かれる。

「また硬くなってきた」

声を上ずらせながら、ファティは槇の体の中に欲望を迸《ほとばし》らせる。

ドクンという強い脈動のあと、体の内側に熱いものが滴っていく感覚に、腰が無意識に揺れ、槇自身も射精する。

欲望の塊のファティと違って、槇自身からはほとんど蜜《みつ》は溢れてこない。ただ極みに達した快感が脳天まで突き抜け、瞬間的に全身が硬直したようになる。息を呑み、体内の欲望を痛いぐらいに締めつけていると、ファティが再び硬さを増していくのがわかった。

「もう、や……無、理、で……」

頭を左右に振って訴えるが、すぐに顎を摑んで前に向き直らされ、アリームの欲望が押しつけられる。

「まだ私は達《い》っていません。しっかり舌を動かしてください」

激しく腰を動かされ、無理やり舌を使わされる。歯を立てないよう気を遣い、喉の奥まで猛ったものを突き立てられる。

息苦しさに涙が溢れてきても、赦《ゆる》されはしない。

その間にも、またファティが槙の体内をかき回していく。

この寝室に、ハマムに満ちていた甘い香りはない。しかし媚薬のような働きをしていた香りがなくても、槙は自らの意志でファティを欲し、アリームを求めた。

言われるままに舌を使い、ファティに激しく腰を揺すられながら、アリームが射精するよう促していく。

既に自分が何度達し、体内に熱を注ぎ込まれたかわからない。

顎はガクガクして、ファティを銜《くわ》え込んだ場所は、繰り返し擦られてヒリヒリとした痛みが生まれる。

もう無理だとファティには訴えた。しかしそのたびに体の中を探られ、ペニスを扱かれ

てしまう。

ファティに貫かれながら、アリームと口づける。彼のものを口に含んだ状態で、背後からファティに貫かれる。

胸を弄《いじ》られ、突起を嘗められ、歯を立てられる。頭の芯が熟れて爛《ただ》れて、自分という存在がどろどろに溶けていくような気持ちにさせられる。

激しく腰を突き上げられ、射精する直前で引き抜かれたファティから溢れた欲望が槇の腹を汚していく。

自分のものか、それともファティのものかわからない精液で汚れた槇の口から、まだ硬いままのアリームが引き出される。

「アリーム」

射精したばかりで荒い息をしながら、ファティはアリームを呼ぶ。

「なんです」

「至宝を抱け」

今にも飛びそうな意識をぎりぎりで繋ぎ留め、ベッドに体を無防備に投げ出していた槇は、驚きに頭を上げた。

「ファティ……」

「本気ですか？」

静かなアリームの問いに、ファティは「ああ」と答える。

「俺に見えるように、俺の前で至宝を抱くんだ」

「わかりました」

槇は茫然《ぼうぜん》と、自分に向き直るアリームを見つめる。

「アリーム……」

「聞こえましたね？」

大きな手が槇の頬に伸びてきてそこを撫でる。散々、肌に触れ愛撫されていた。それなのに、自分を抱くと言って触れてくるアリームの手に、槇の全身が戦慄《わなな》いた。

そんな槇の反応を、アリームの背中越しに、立てた片膝に肘《ひじ》を置いたファティが眺めている。

執拗なねっとりとした視線が槇の肌を嘗めていく。ファティが視姦《しかん》した肌に、アリームが触れる。

鎖骨の窪《くぼ》みに口づけられ、熱い唇がゆっくり肌を吸う。胸に辿り着くと、アリームは丹念な愛撫で膨らみ赤く熟れたままの果実に舌を押しつけてきた。

そんなもどかしいような愛撫と髭が肌を突き刺す感覚で、再び下肢に熱が溜まる。

もう、精も根も尽き果てたような気持ちになっていたはずなのに、まるで初めてアリームに抱かれるような恥ずかしさが全身に溢れていた。

でも同時に、アリームの愛撫に反応するたび、ファティの視線を感じて、居たたまれない心地にもなった。

それならば見なければいいのだと瞼を閉じても、ファティの強い視線を感じてしまう。見えないからこそかえって鋭い彼の蒼味がかった瞳を思い出してしまう。

やがて俯《うつぶ》せられ、掲げられた腰にアリーム自身を押しつけられた瞬間も、槙は無意識にファティを意識してしまう。

アリームに槙を抱くように言ったのはファティだ。これよりも以前に、槙をアリームが抱いたことを知っている。それなのにこうしてファティが見ている前でアリームに抱かれるという行為に、複雑な感情が生まれる。

「至宝」

押し開かれた場所に、アリームの欲望が挿《はい》ってくる。

ファティとは違う硬さと形に、槙の体が変化する。

「ん……っ、くぅ……ん、ん……」

ファティに気が遠くなるほど抱かれていても、体はアリームを待っていた——と思っていた。

　アリームの熱を感じ、重さを感じながらも槇の頭の中にあったのは、じっと行為を見つめているファティの目だった。


　睡魔に取り込まれる寸前、耳元で優しい声で囁かれる。

「俺が子どもの頃、遊牧民族に預けられたのは、暗殺の危険を避けるためだ」

　優しい手が、槇の髪を撫でていく。

「俺のそばには常にアリームがいた。あいつも同じように暗殺者の手から逃れるために預けられていたのかと思ったが、実際は違う。あいつは俺の替え玉だった。つまり何かあったとき、弾除《たまよ》けになるべくそばに置かれていた」

　明かされる真実に驚きながらも、瞼を開ける力すら槇には残っていなかった。ファティもそれがわかっていて、話し続けているのかもしれない。

「俺の父親がアリームにその役割を与えたのか、それとも俺の父親との関係を維持すべく、アリームの父親が考えた案なのかは知らぬ。だがあの頃、アリームは容姿から、父親に忌み嫌われていた。他に息子はいたし、万が一のことがあっても構わないつもりだったかもしれない」

槇の心臓が痛いぐらいに締めつけられる。

「いずれにせよ、アリームは己の使命を知っていたし、何かあれば俺の代わりに死ぬつもりで、あの頃も今も生きている。俺にとってあいつはかけがえのない存在であり、この先、手を放すつもりはないし、あいつも俺のそばから離れるつもりはないだろう。だからお前が本気であの男が欲しいと思うのであれば、俺のものになるのが一番だ。俺のものであればアリームも大切にするし、愛《め》でるようになるからだ」

ファティはアリームを自分の一部だと言った。それは喩《たと》え話でもなんでもなく、単なる真実だったのだ。

「俺にとって、お前もアリームも大切な存在だ。アリームは俺をヘイダルの至宝だと言う。だが俺にしてみれば、アリームこそ宝であり、お前が手に入ることで俺は世界を手に入れたも同様だ」

話の内容はともかく、強くなる語調に槇は無意識に体を震わせる。将来王となる男の強さが、目を閉じていても感じられる。

「今は俺もアリームも公の存在となって、暗殺される可能性は低くなった。だからといって、完全に可能性が消えたわけではない。俺は自由に一人で動いているように見えるかもしれないが、前回一緒に遊牧民族のところへ行った際にも、お前が知らなかっただけで護衛がついていた。いまだヘイダルの独立をよく思っていない輩《やから》は、国内にも、デネボラにも存在している」

　普段のファティからは、そんなことになっていると、まったく想像つかない。

　ファティは戯れるように、槇の髪を指に絡ませている。その感触は悪くはない。

「とはいえ、滞在している外国人に危険が及ぶような事態にはならない。そのために、俺もアリームも、そして俺の父親も動いている――が、それでも予想もしないところから火の粉が降りかかることがある。その筆頭がアリームの父親であるアーデル石油相。アリームは表向き父親の手の内にいるが、俺の側の人間だ。己を他人の弾除けに差し出す父親には、愛情の欠片《かけら》も持ち合わせていない。俺はそんなアリームの忠誠心を疑っていないし、大切に思っている」

　そして手の動きが止まる。

「芝には気をつけろ」

　瞬間、睡魔が去っていく。

「今の段階で明確なことは言えない。しかしあの男は、お前が来る前から、俺たちにお前のことを吹き込み続けた」

それは、なんのために?

「最近、頻繁にデネボラに出かけていることは、出国記録からも明らかだ。もちろん仕事もあるだろうが、それにしては多すぎる」

ヘイダルで仕事をする上で、デネボラは切り離せない。だが、

「あいつは確実にお前に仕掛けてくる。アリームは裏を取るべく動いている。だからお前は決してあの男と二人きりにならないように気をつけろ」

覚えているのはここまでだ。

ファティはそのあと、槙の目元を手で覆い、優しいキスを額にした。それを合図にするように、槙は深い眠りについた。

8

「槇。待てと言ってるだろう！」

背後から名前を呼ばれているのに気づいて振り返った槇は、声の主である芝を確認した瞬間、眼鏡のブリッジを指で押し上げてから前に向き直った。

咄嗟に気づかなかったフリをしようとしたが、さすがにそれは無理だった。

事務所の入っているビルの廊下を数メートル歩いたところで、非常階段前のフロアで追いつかれてしまう。

深夜を回った時間のため、フロアの他の人間はもちろん、同じ会社の人間も既に帰宅したあとだった。

槇は今日、昼からの出社になったため、今まで引きずってしまった。だがさすがに、日づけが変わる段階で帰るつもりで、一旦階下まで向かいかけたものの、忘れ物をしていたのに気づいてフロアまで戻ってきたところだった。

帰宅時間が遅くなったため、メールをしようとスマートフォンを出したタイミングで、どうして芝に出会うことになるのか。

昨夜のファティの台詞《せりふ》が蘇ってきた。

『芝には気をつけろ』

目覚めてすぐには忘れていた。

しかし先ほど芝の顔を見た瞬間、まるでタイマーセットでもしていたかのように、眠りに落ちる間際に語られたファティの言葉が思い出された。

槇は思わず芝の表情を窺《うかが》う。

「俺が呼んでるの、聞こえていただろう？　一度振り返ったくせに、なんで待ってないんだ」

走ってきたせいで肩を上下させて激しい呼吸をする合間に、芝は立て続けに捲《まく》し立ててきた。

「すみません。急いでいたので」

とりあえず謝罪の言葉を口にしつつ、正直に言えば、まったく悪いと思っていない。何しろ、昨日の今日だ。自分に向けられた失礼な発言を考えれば、こうして会話するのも腹立たしい。

もちろん仕事の話であれば、何があろうと無視をしたりしない。だが今は既に就業時間ではない。

芝は今日も事務所には顔を出さなかった。その癖、こんな時間になって姿を見せるのはどういうつもりか。

芝がいなくても仕事は進んでいるから、今のところ表立って問題はない。とはいえ、さすがに槙以外の他のスタッフも、最近の芝の様子を怪訝に思っているらしい。

「謝るのは今のことだけか？」

そんなスタッフの目に気づいていないのか。芝は槙に対して強い口調で続けてきた。

「他に何を謝れと？」

「昨日のことだ」

芝の発言に、槙は思わず眉根《まゆね》を寄せた。

この男は一体今、何を言ったんだろうか。

「まさか昨日の今日で忘れたと抜かすわけじゃないだろうな。一緒に飲んでいたのに、上司を置いて途中で一人で帰るなんて、ありえないだろう。それも一方的に俺の奢りだなんて決めつけて」

なんの冗談かと思った。

昨夜のあの状況で、槙を怒らせた、というよりも失礼なことを言った自覚は、この男にはおそらくないのだろう。

槙に悪いところがないとは言わない。だが槙の非礼を差し引きしても、芝のこの発言は理解できない。

だから聞いたのだ。

「それ、本気で言ってますか？」

その瞬間、さすがに芝の顔色が変わった。槙が本気で怒っているのがやっと伝わったらしい。

「いや、冗談に決まってるだろう。久しぶりに会ったのに、お前がろくに話もしないうちに帰っちまうから、ちょっと虐《いじ》めたくなっただけだ」

芝は慌てた様子で言い訳する。

「だが、心配したのは本当だ。謝ろうと思っても携帯に電話したのに出ない。だからマンションにも行ってしばらく待ってたんだが、帰ってこなかっただろう」

予想外の発言に、槙の心臓が早鐘を打った。

「マンションに来たんですか？」

スラックスのポケットに手を突っ込んだ芝は、一歩前に足を進めてくる。

「昨日、何かあったのか？」

そして他に誰もいないとわかっているだろうに、潜めた声で尋ねられる。

「何、とは――」

「誤魔化《ごまか》さなくても、あのあと、アリームの車に乗せられたのは知ってる」

刹那、槙の背中をひやりとしたものが流れていく。芝はそんな槙の反応を窺っている。

アリームの車に「乗った」のではなく、「乗せられた」ことを知っているという。

この男は、何をどこまで知っているのだろうか。槙は笑顔を繕う。

「そうですか」

「そうですか、じゃないだろう。昨日は茶化して悪かった。ところでお前、何か面倒なことに巻き込まれてるわけじゃないのか？」

昨日とは打って変わって心配そうな様子で、槙のネクタイを摑んできた。

冷たい指先がそこに触れた瞬間、肌がざわめく。

「何、を」

「これ、アリームにつけられたのか？」

芝は乱暴に槙のシャツの一番上のボタンを無理やり外す。そこに何があるか、槙には見えない。おそらく、昨夜の情事の痕《あと》なのだろうが、槙はわからないフリをする。

「なんのことですか」

「誤魔化しても、キスマークだってのはバレバレだ」

「……っ」

瞬間的に蘇る肌の記憶を無理やり封じ込める。

「今朝《けさ》もお前のマンションに寄った。そうしたら、昨夜のうちに引っ越ししたと管理人が言っていた」

槇は芝が手を放すタイミングで一歩下がり、緩んだネクタイを直し、シャツの襟元のボタンを留める。

「本当なのか？」

改めて芝に問われて槇は息を呑む。

涼しい顔をして今日の昼から仕事をこなしてはいたものの、スーツの下に隠された体はボロボロだ。

襟元だけでなく、全身に情事の痕が広がっている。昼から出社になったのも、明け方まで続いた情事のせいで、起き上がれなかったからだ。

ハマムでは、シーシャに混ざっていた媚薬に似た香りの影響で、自分の意志とは関係なく体が一方的に反応してしまった。

しかし場所を移動してからは、薬のせいだけにはできない。短期間の間に繰り返し抱かれた槙の体は、触れられれば反応し、欲情するようになってしまっていた。

ファティやアリームの愛撫が巧みだったとも言えるかもしれないが、それ以上に感覚や思考が麻痺《まひ》していたのだろう。

ファティとアリーム、二人から同時に責められているという背徳感と被虐感。それだけで槙の中に残っていた理性の箍《たが》を外すのには十分だったにもかかわらず、最後に追い打ちをかけられた。

ファティの見ている前で、アリームに抱かれたとき、槙の中で何かが完全に崩れ去った。

正直、槙はずっと自分がアリームに惹《ひ》かれているのだと思っていた。

懇親会で芝に紹介されたときのことは、今でもはっきり思い出すことができる。

ヘイダルに来て二か月、毎日のように見ていた民族衣装姿の人たちに感じたことのない優雅さや雰囲気は、特別なものだった。その夜に、体の内側から蕩《とろ》けるように抱かれたこともあって、余計に想いは強くなった。

だが改めて考えると、アリームへの想いは、最初の夜に出会った男だと思っていたせいもある。

となると、槇が最初に惹かれたのは、アリームではなくファティということになる。最初に出会ったのがファティだとわかっていたら、翌日槇が強く想いを寄せたのは、果たしてアリームだっただろうか。

ファティにアリームに抱かれる様子を見られながら、槇は自分がわからなくなった。あのとき、自分でも驚くほどに感じた。でもそれが、アリームに抱かれたからなのか、ファティに見られているからなのかもわからなかった。

続けざまに何度も頂上を迎え、最後には達しても吐き出されるものがなくなって、意識を失うようにして眠りにつくその間際に、ファティが芝のことを語った。つい先ほどまで忘れていたが。

そして次に目覚めたのは昼近くで、ファティの姿はなく、さらに抱かれたのとは違う部屋で寝かされていた。驚いたのは、そこに槇の部屋にあるはずのものがすべてあったことだ。

芝が言うように、昨夜、槇の借りていた部屋を勝手に解約した上で、そこにあったものをすべて移動させたらしいことが、アリームが残していた、流麗な英語で書かれた文章に記されていた。

多少の困惑は覚えつつも、もう怒りや憤りの感情は生まれなかった。諦《あきら》めの境地に達したわけではない。ただ少なくとも、彼らの言うように、自分と同じ物差しで物事を考えては駄目なのだと学習した。

とりあえず必要なものはすべて用意されている上に、事務所へ行くにはファティの別邸からのほうが便利なようだった。

何しろファティの別邸は、市街地に位置する超高層ビル内にあったためである。にもかかわらず、豪華なハマムや宮殿のようなパティオなどの施設もある。朝、出社するまで、槇もどんな場所か把握していなかったが、いざエントランスの前にエレベーターがあったときには、ただただ驚かされた。そして寝室に移動した際に、窓から見えた夜景が、高い位置から見下ろしたものだったことを、微かに記憶していたぐらいだったからだ。

だから面倒は後回しにして、とにかく今日は出社することにしたのだ。

体は絶不調で、気を抜いた瞬間、睡魔に何度も襲われかけながら、頭の中は驚くほどにクリアだった。

ファティの話もほぼすべて思い出せている。

ヘイダルに訪れてからの二か月あまりの出来事が、綺麗《きれい》に整理できていた。

そして今自分が置かれている状況も少しずつではあるが、理解できてきたような気がしていた。

「それがなんですか」

だからなのか、芝を目の前にしても、冷静に話ができる。

「アリームに弱味でも握られたか」

昨日までとは違って、アリームたちと槇が一緒にいることに懸念を覚えているようだ。

「もしそうだとして、芝さんに何か関係ありますか？」

芝の指摘に槇は眉を上げる。

「大体、芝さんがアリームさんにけしかけるようなことを言ったんでしょう？　だったら芝さんの思ったとおりの展開になってるんじゃないんですか」

半分嫌味を込めて、半分は自棄《やけ》で言うと、芝は予想に反して「違う」と否定してきた。

「俺がお前の話をアリームにしたのは事実だ。他人に対してドライな俺が珍しく自分で引き抜いた人間がいるということに、あいつが興味を示してきたから、つい調子に乗った」

芝は何かを考えるように、頭を掻きながら言葉を探している。

「揶揄《からか》ってみたら、お前の反応も面白いし……」

おそらく無意識だろう言葉が槇の心をささくれだたせる。槇の気持ちがわかっていて、芝は揶揄ったのだ。

「でもだからって、アリームが本気でお前に何かしてくると思っていたわけじゃない。そんな余裕、あいつにはないだろうし」

「……何かあるんですか？」

カマをかけてみる。

「お前も知ってるように、アリームはワーリヌのトップだ。俺たちの取引相手であるヘイダル・パワーとは、ライバル関係にある」

何を今さらな話を始めるのか。同族だからこその対抗意識があるのは最初からわかっていることだ。

「そんなアリームの父親であるアーデル石油相は、現国王の政策方針に異論を唱えているのを知っているか？」

「噂には聞いています」

でもその程度だ。

皇位継承第三位であるアーデル石油相は、元々女帝と呼ばれた第二夫人の長男として生まれたらしい。出世欲が強く、息子が王になることを願っていたことは、ヘイダルにおいていわば公然の秘密だ。

ファティの父であるマフムード皇太子とは犬猿の仲で、そうであるがゆえに、それぞれ湾岸地域専門の開発会社と、市街地専門の会社を担当することとなったという。

そしてそのバックには、ヘイダルが所属していた国であるデネボラがいるとも言われている。

だから最初、槙自身、アリームに対して構えていたのは否定しないが、ファティとのやり取りを見ていて、実際のところは違うのではないかと思うようになっていた。

そして昨夜の発言だ。

彼らの間にある、信頼――と一言では言い切れない絆《きずな》は、出会って僅《わず》かの槙でも感じられるほど強いものだった。それは嘘ではなかった。

「だったら、アリームとは距離を置くべきだ」

続く言葉に槙は肩を竦める。

「貴方がそれを言うんですか？」

「人の揚げ足を取るな」

真顔で反論してくる芝が、いったいどんなつもりなのか、槙は判断しかねていた。

「お前はファティにも気に入られていただろう？　もしかしたら、アリームはお前から、ヘイダルやファティの秘密を得ようとしているのかもしれない」

「秘密を得てどうするんですか」

「当然、政権をひっくり返す」

あまりに突拍子もない発言に、槙は思わず苦笑してしまう。

「笑うな。俺は真剣に話している」

「そんなぎすぎすした関係なら、あの懇親会でどうして二人揃《そろ》って出席していたんですか？　おかしくないですか？」

「それは……」

槙の質問に芝は狼狽《うろた》える。

あのとき、槙はファティとアリームの本当の関係性はまったく知らなかった。それでも二人が対立しているようには、少なくとも表向きは感じられなかった。

「とにかく、俺をアリームに会わせろ」

続く言葉に槙は自分の耳を疑った。

この男は突然に何を言い出しているのか。

ファティもまだ、芝がどういうつもりかわからないと言っていた。アリームも裏は取れていないとのことだった。

今の段階で、槙にはまだ、芝が正しいのか、それともファティの言うことが正しいのか、判断が難しい。でもとりあえず、芝の意図がまったくわかっていない今、もう少し話を聞くべきかもしれないと思う。

「俺に言わなくても、芝さん自身、アリームさんとお知り合いじゃないですか」

槇は慎重に応じたつもりでいた。

しかし芝はそれを違うように捉《とら》えたらしい。

「お前は人の親切を無にするつもりか」

「そんなつもりはないです」

あからさまに芝の表情が曇る。

「ただあえて俺が会わせる理由がわからないと正直に述べただけで……」

「もしかして、アリームから何か言われているのか？」

「それともファティのほうか。あいつらは、俺のことを色々調べていただろう」

「何かってなんですか」

「そんなの知りません」

槇は咄嗟に首を左右に振る。

「それよりも、芝さん、二人が調べるって、一体何をやってるんですか？」

嫌な予感がした。

思い出したのは、睡魔に取り込まれる寸前、ファティが寝物語に話していたことだ。

『芝には気をつけろ』

その前に紡がれていたのは、ヘイダルの国内情勢だった。

『今の段階で明確なことは言えない。しかしあの男は、お前が来る前から、俺たちにお前のことを吹き込み続けた』

それはわかっていた。そして槇自身、どうしてなのかずっと不思議だった。

人身御供にすることで、芝に何か見返りがあるのかと思った。もしそうだとしても、少なくとも見返りをもらえる相手は、ファティでもアリームでもない。

『あいつは確実にお前に仕掛けてくる。アリームは裏を取るべく動いている。だからお前は決してあの男と二人きりにならないように気をつけろ』

今の状態は意図した結果ではない。

「ヘイダルに来てから、芝さんが事務所にいた日はありませんでした。俺のいない時間に来ているのかもしれなかったし、事務所に来なくてもパソコンさえあればある程度のことは済みます。基本的に、対外的な仕事が多いからだと勝手に解釈していたんですが、何か違う理由があったんですか？」

槇の知っている芝は、彼のほんの一部でしかない。だがアジアでともに仕事をしていたときの芝は、豪快な性格は今と変わらないものの、責任感のある仕事ぶりが印象的だった。

だからヘイダルで事務所に来ない姿や、他のスタッフの評価を聞いていると、何かが変わってしまったとしか思えなかった。

「芝さん……」

「もういい」

芝は強い口調で槇の言葉を遮る。

「お前には何を言っても無駄だとわかった。一瞬でも期待した俺の間違いだ」

不意に一歩前に足を踏み出した芝が何をするつもりなのかと思った直後、槇の腹に鈍い痛みが生まれる。

「お前を餌《えさ》にアリームを呼び出すことにする」

「餌って……」

どういう意味かを尋ねようとするが、今度は首の後ろに鈍い衝撃が生まれる。

芝は槇の腹、さらに後頭部を思い切り殴ってきた。

「お前のことは、アルファルドに任せる」

芝の口にした名前を、背広の上着のポケットの中でスマートフォンに打った直後、槇の意識は途切れた。

アルファルド――孤独なものという意味の名前を持つ人を、顔は覚えていないが、かろうじて存在は記憶していた。

ヘイダル現国王は、デネボラ現国王の弟だ。

先代デネボラ国王には現ヘイダル国王のほかに三人の弟がいる。アルファルドは、その一番下の弟の三男の名前である。

ヘイダルに来る前、最初に調べたのが、王族の名前だった。それぞれの名前に意味があることや、王族の数が多く複雑な関係性があるためだ。

たとえばファティはヘイダルにおいて皇位継承第二位の立場にあるが、デネボラにおいても下位ではあるが皇位継承権を有している。

親族の繋がりからデネボラまで調べておいたおかげで、アルファルドが誰かすぐに理解できた。

アルファルドはデネボラでは一流石油関連企業の社長職に就いているものの、名目のみだということは周知されていた。しかし最近、日本企業との提携を目論見《もくろみ》、様々な場所に顔を出していると聞いている。

そんな男と芝が顔見知りでもおかしくはない。芝の父親は今も石油関連企業で重職に就いていると聞く。

あの懇親会のとき、芝は最初、アリームとともに顔を出した。しかし、ファティにはあとで挨拶をすると言って、すぐにその場を離れて行ってしまった。

元々芝は、あの懇親会には欠席だと言っていた。でもなんらかの出席する理由ができたのだろう。

アリームとの僅かな会話のあと、芝が向かった先は、鷹狩りの見学者たちのほうだった。もしかしたらあの見学者の中に、芝の目当ての人がいたのだろうか。

あくまで槇の想像に過ぎない。でも、絶対に違うとも否定はできない。

ただ、仕事上の関係だとしたら、隠す必要はあるだろうか。ヘイダルはヘイダル、デネボラはデネボラとつき合いがあったところで問題はない。

問題があるとしたら、どんな関係か。

芝は『槇を餌にアリームを呼び出す』と言った。かつ、自分のことは『アルファルドに任せる』とも言った。

結論に辿り着きそうで辿り着けないもどかしさに、遠のいていた槇の意識が急激に覚醒していく。

そして薄く開いた視界に飛び込んできたのは、薄暗い天井を間接的に橙《だいだい》色に照らすモロッコ風ランプだった。

ファティの部屋だ――と、最初に思った。しかし大きな窓から見える夜景を目にして、違うと認識する。

ではどこなのか。確認しようと思った瞬間、腕の自由が利かないことがわかる。それぞれの手首を縛られているらしい。次に、自分が素っ裸だと知る。

全裸であるという羞恥よりも、困惑が先に立った。

「ようやく気づいたか」

槙ははっと息を呑む。投げ出された足の先に、立てた己の膝に顎を乗せた、民族衣装姿の男が座っていた。

年の頃はおそらくアリームよりもさらに上だろう。四十代ぐらいだろうか。太い眉が印象的な、野暮ったい雰囲気を漂わせる、ふくよかな印象を受けた。

「俺はこれで。槙のことはお任せします。それで……」

誰だろうかと思った槙の疑問に答えるように、今度は隣から声がする。顔を向けると、そこには芝が立っていた。

「……っ」

「ああ。これを持っていくといい」

足元にいた男は、突然槇の上に何かを放り投げてきた。それが何かを認識するよりも前に、芝が飛びついてくる。

芝が手にしたのは、札の束と、驚くほど大きな宝石のついたアクセサリーだ。槇の状態などまったく目に入っていないらしい。

「これで……これで借金が返せる……」

芝の呟きに槇は目を瞠った。

「借金って、なんですか」

槇の問いに芝はちらりと視線を向けるものの、応えるつもりはないようだ。アルファルドの放ったアクセサリーと札束を用意していた袋に入れると、アルファルドに向かって頭を下げてきた。

「くれぐれも、アリームたちには俺のことは内緒にしてください」

「わかっているから行け」

アルファルドは槇の足元から動くことなく、邪魔なものを追い払うかのように手を動かした。芝はそんなアルファルドに対し、ヘコヘコと頭を下げながらその場から離れようとする。

「芝さん！」

槇が慌てて呼び止めると、面倒臭そうに足を止めて振り返った。

「借金ってどういうことですか。この状況はどういうことですか。アリームさんと話をするんじゃなかったんですか」

起き上がることすらろくにできない状態で、なんとか頭だけ持ち上げて懸命に芝に訴える。

槇には知る権利がある。

ヘイダルに来たのは芝に誘われたからだった。槇の会社の上司であり、今のこの状況を作り出した張本人だ。

初対面のアルファルドのところに、どうして置いていかれねばならないのか。それも、両手の自由を奪われただけでなく全裸で。

こんな状態でも、槇はまだ芝を信じたかった。

なんらかの正当な理由があるはずだと。

「俺から言うことは何もない」

しかし芝は槇を一瞥《いちべつ》するとあっさり言い放った。

「芝さん……」

「何をどう言おうとお前には言い訳にしか聞こえないだろうし、俺もそれ以上に言うべきことがない。事情はアルファルドが知っている。その気なら聞いてみればいい」

言いたいことだけ言うと、芝は今度こそ本当に槙を放置してその場から去ってしまう。

「お前は俺に、借金の片に売られたんだ」

芝の背中を茫然と見つめることしかできない槙に、アルファルドが絶望的な言葉を口にする。

槙は無言で足元に座ったままのアルファルドを振り返る。

「借金って……」

意味がわからない。

「デネボラにあるカジノで大損した。会社の金を使っていたらしくてな、ちょうど仕事のことで縁のあったオレに交換条件を出してきた」

「それで、どうして俺が……」

「最初は日本の石油産業に口を利くことを条件に提示してきたが、それじゃ割に合わない金額になった。それで、ファティの弱味を何か差し出せば許してやるとこっちから譲歩してやったら、お前が来たというわけだ」

「……ファティの弱味……」

ますますわけがわからない。

「当初はアリームの奴と手を組むべく算段していたんだが、どうも利害が一致しない。おまけにあいつは隙がなくてな。他の方法を考えあぐねていたところで、芝の奴が俺の前に現れたというわけだ」

膝を抱えたままのアルファルドは、感情の込められていない淡々とした口調で説明を続ける。

「それで、なぜ俺が」

「君はファティのお気に入りだと聞いている」

「……誰がそんなことを」

「聞いたのは芝からだが、ファティ自身が認めた」

「どういうことですか」

わけのわからないことばかり言われて槇は混乱しながらも、必死に状況を理解しようとした。

「その体の痕、ファティがつけたのか？」

しかし不意の問いに、槇ははっとする。

自分が裸にされていることは、それまであえて触れないようにしていた。だがアルファルドの指摘で自分の体を見ると、傍《はた》から見てもわかるほど、全身にわたって昨夜の情事の痕が肌にちりばめられていた。

特に多いのは胸元と内腿《うちもも》から腹にかけてだ。

情事の名残を目にするのと同時に、鼓膜を揺らしたファティの台詞が蘇ってくる。

『お前は好きなアリームの前で、俺、ファティに抱かれているんだ』

ファティの声に、胸が締めつけられる。

『わからないと言うなら、わかるまで繰り返しここに俺を突き立てるまでのことだ』

ファティは槇の意識が落ちる寸前にも言っていた。

『俺にとってあいつはかけがえのない存在であり、この先、手を放すつもりはないし、あいつも俺のそばから離れるつもりはないだろう。だからお前が本気であの男が欲しいと思うのであれば、俺のものになるのが一番だ。俺のものであればアリームも大切にするし、愛でるようになるからだ』

ファティは槇がアリームに惹かれているのだと言った。槇自身、自覚はなかったものの、アリームに惹かれていたのだろうと思う。だから最初の夜に出会った相手がファティだったこと、さらには懇親会の夜にアリームが自分を抱いたのが「毒見」だと言われたことにショックを受けたのだ。

でもファティ自身の口から、アリームのことが好きだと言われてしまうと、違和感を覚えてしまった。

同時に、アリームに抱かれる姿を見られていることに、強烈な羞恥と別の意味での快感が生まれた。

そんな記憶を思い出した瞬間、無防備にアルファルドに晒している体が反応してしまう。

「俺は男など、興味がなかった。正直、芝に借金の対価として男を差し出されると言われたときには、冗談じゃないと思ったぐらいだ」

そう言いながら、アルファルドは両手をベッドについて、ゆっくり足元から槙に近づいてくる。

「だが連れて来られてきたお前を見て気が変わった。さらに裸に剝いてみたら、ファティが可愛《かわい》がっている理由がわかった」

それまで一切の感情を押し殺していたアルファルドの目に、淫靡《いんび》な色合いが混ざった。

「お前はアスワドなんだろう」

「アスワドはヘイダルにある、国宝のブラックダイヤの名称ですよね？　どうして俺がアスワドなんですか」

「俺がみすみすそんなことを教えると思うか？」

足首を摑まれ、指に舌を伸ばされる。

「……っ」

さらに足や腹にも触れてくる。

「肌理《きめ》の細かい肌だ。この体を宝飾品で飾り立てたら、着飾った女たちより美しく輝くだろう。そんなお前を見たときのファティを想像しただけで愉快な気持ちになる」

にやりと笑われて、背筋がひやりと冷たくなる。

「殿下が見る？」

「さっき連絡したんだ。お前のお気に入りがうちに紛れてきているから、返してほしければ取りに来い、とな」

かっと頭に血が上った。

「そんなことを言われて、殿下が来るわけが」

「来るんだな、それが」

背中を丸めたアルファルドは肩を揺らして笑う。

「君はそこで、おとなしくファティが来るのを待っているがいい」

アルファルドは槇の膝を撫でながら、下卑た笑いを浮かべた。

9

ファティが来るまでの間に、槙はアルファルドが言っていたように、体じゅうに香《かぐわ》しいオイルを塗りたくられ、下着はなく腰から足首までの長さの布を巻かれた状態で、全身を宝飾品で飾られた。

クーフィーヤで覆われた頭にも、蒼く光る宝石が飾られた。そのせいで顔の向きを変えるたびに、シャラシャラと金属音が聞こえる。落ちてくるのではないかと思うと、あまり動くこともできない。

宝飾品に詳しくないためよくわからないが、総額を聞いたら卒倒するかもしれないと、どこか他人事《ひとごと》のように思えていた。

三十過ぎの男を飾って、何が楽しいのかと思うが、抵抗したところで意味はないと諦め、されるがままに任せるしかない。

その間、アルファルドの姿はなく、部屋にいたのは使用人の女性たちだった。彼女たちは顔を布で覆って目元しか見えないため、どこの誰かもわからない。

そして部屋の外には、武装したいかつい男が立っていた。扉を開けた瞬間に見えた限り、最低でも三人はいるようだった。

槇が逃げたり、逆に槇が女たちに危害を加えるのを防止するためだろう。

しかしそんな気力は今の槇からは生まれなかった。

何しろ頭の上で腕の自由を奪っていた紐《ひも》は外されたが、代わりに両方の足首を鎖に繋がれている。

それだけではない。

頭の中は、果たしてファティは本当に来るのだろうかということで、いっぱいになっている。

ヘイダルは今、世界から注目されている。

本来、王族の上に企業のトップの立場にある人間が、忙しくないわけがない。実際仕事している場面に出くわしたことはないが、ここ数日、槇と一緒に過ごせていたのが不思議なぐらいだ。

そんなファティに、一介の日本企業の社員に過ぎない自分が、とてつもない迷惑をかけている。一歩間違ったら、国際問題にも発展しかねない。

アルファルドが、槇を取りに来いと言ったことに対し、ファティは応じたと言う。

おそらく、ただ取りに来いと言ったわけではない。一体そこにどんな交換条件が提示されたのだろう。

自分にそれほどの価値があるとは槙には思えない。でもファティは、なんらかの価値を見出してくれた。だからアルファルドも自分を餌にした。

アリームがファティと一緒に動いているに違いない。だから万が一のことは起こらないに違いないと信じていても、得体の知れない不安に襲われる。

きっと、ファティは来る。来てくれるのだろう。出会って僅かな期間しか過ごしていないが、槙はファティとアリームに絶対的な信頼を寄せている。

だが同時に、自分が想像しているよりも、厄介なことに関わっているのではないかということに不安になっている。さらに想像している以上に、話が大きくなっているのかもしれない。

逃げ出す方法はないかと槙は考える。しかし足につけられた枷《かせ》に繋がれた鎖は長く室内ぐらいは動けるものの、扉の外には武装した男たちが今も立っている。さらに、太い鎖の繋がった枷は頑丈で、容易に外せそうになかった。

携帯電話も着ていた服とともに奪われて今手元にない。

女性たちが部屋を出て、一人で巨大なベッドに胡坐《あぐら》をかいた状態で不安を抱えていると、にわかに部屋の外が騒がしくなってきた。

「……なんだ？」

呟いた瞬間、バンッと銃声に似た音がする。

「！」

空気が揺れるのを感じて、槇の全身に鳥肌が立った。

続いて何かがぶつかっているような音が聞こえてきた。

「なんだ？」

考えたところで予想もつかない速度で事態は動いているらしい。

遠くのほうでしていた音が確実に近づいてくる。

最初は怒鳴り声だけだった。そこにやがて悲鳴に近い声も混ざる。ドシンと人の倒れる音に続いて、銃声のような音も続けて何発も聞こえてくる。

『今は俺もアリームも公の存在となって、暗殺される可能性は低くなった。だからといって、完全に可能性が消えたわけではない』

不意にファティの話が蘇る。

『いまだへイダルの独立をよく思っていない輩は、国内にも、デネボラにも存在している』

背筋をひやりと冷たいものが走り抜けていく。

今まさに何かが起きているのか。

考えている間にも激しい乱闘らしい音がひっきりなしに続く。

槇は恐怖に震えつつも、とりあえず身を護《まも》るべく、ベッドから下りてその場にしゃがんで扉の外を窺った。

「何を……っ。うわっ」

「や、め……」

「ぐわっ」

鮮明になる声によって、騒動が近くで起きていることを理解する。

扉の外では一体何が起きているのか。

ガンッという鈍い音に続き、部屋の扉に何かがぶつかったのがわかった。

「……っ！」

情けないことに、こんなとき、何をすべきなのかまったくわからない。

『日本という安全で平和な国で育った人間と、このヘイダルで生きる俺たちとでは、普通という言葉の概念自体が違う。平和とは何か。人とは何か。自由とは何か』

ファティに言われた言葉の本当の意味を改めて痛感させられる。

わかったふりをしていても、実際は何もわかっていなかったのだ。

背中合わせの危険――王位のために、命すらも狙《ねら》われる立場であることの意味。槙が想像すらできない事態が日々起きているのだろう。そんな中で彼らは日々を過ごしている。

つまり彼らにとってそれらは日常であり、当たり前のことだからだ。

上司である芝に裏切られ、見知らぬ男に拉致《らち》され、こんなふうに銃声ひとつに怯《おび》え、思考が停止している自分とはまったく違う。

こんな切迫した事態に陥って初めて理解している。

ぐっと腹に力を入れる。そして息を潜めていると、ガンガンッと扉が激しく音を立てる。

もう駄目か――と思った次の瞬間。

「至宝！」

不意に名前を呼ばれて、その場で背筋が伸びる。その声はファティのものだ。

「は、はい！」

咄嗟に返事をする。

「無事か」

向けられる言葉に、不思議なほど安堵《あんど》感が湧いてくる。

「俺は大丈夫です。それよりも……」

「今扉の鍵《かぎ》を壊すから、横に隠れていろ」

ファティの心配をするよりも先に言われ、扉を見た。おそらく鍵がかけられていて開けられないのだろう。だから槇が壁側に寄ってすぐ、軋《きし》むほどに扉が揺れた。

激しくノブが動き、次の瞬間——ドカッという音とともに扉が内側に開いた。そして蝶《ちょう》番《つがい》が外れ内側に蹴《け》り飛ばされた扉が、部屋の床に落ちていく。

まるでスローモーションのような光景を眺めていると、扉のあった場所から最初に姿を見せたのはファティだった。

民族衣装に身を包んだ男の手には、銃が握られている。険しい表情を見せた男は、槇の姿を確認すると眉を上げる。

「ファティ……」

さらにファティの後ろから、アリームがアルファルドの首に短剣を押し当てた状態で室内に入ってきた。

「至宝」

ファティに名前を呼ばれて、槇ははっとして身構えた。この状況で何を言われるかは想像しているし覚悟している。

芝に気をつけろと言われていた。それなのに、どこかで甘い考えを捨てきれなかったのは槇の弱さであり、ファティを信用しなかった自分が招いた結果だ。

槇は体の横で強く拳《こぶし》を握って唇を噛んだ。

「ごめんなさ……っ」

「綺麗だな」

下げた槇の頭の上に、予想しなかった言葉が紡がれる。驚いた槇は慌てて頭を上げる。

「怒らない……んですか？」

この状態で最初に言うべき台詞だろうか。

「なんで」

槇の質問の意味がわからないようにファティは真顔で返してくる。

「だって……」

「何を言っているんですか、ファティ。最初にかけるべきは、槇の身を案じる言葉です」

アルファルドから視線を逸らすことなく、アリームが槇の気持ちを代弁してくれる。

しかし呆れたようなアリームの指摘に、ファティは肩を竦めるだけだ。

「そんなの、見ればわかるだろう」

ファティはあっさり言うと、手にしていた拳銃を腰に巻くベルトに無造作に突っ込んでから、ベッドの脇にしゃがんでいた槇の前まで大股に歩いてやってきた。

そして目の前に膝をつくと、乱暴に槙の顎を摑んで顔を上向きにする。

「何もされてないな？」

改めてまじまじ顔を見てしみじみ呟く。

自分に向けられる真っ直《す》ぐなファティの瞳と、肌に触れた温もりに、緊張していた気持ちが解《ほぐ》れていく。

瞬間込み上げる感情を堪えて頷《うなず》く槙を見て、ファティはすぐに顎から手を放しその場に立ち上がった。

「アリーム」

そして振り返って従兄弟《いとこ》の名前を呼ぶ。と、アリームは摑んでいたアルファルドを解放し、乱暴にその場に放った。手に握った短剣は、アルファルドに向けられたままだ。

両手を床についてしゃがみ込んだアルファルドは、槙の前にいたのと同じ人物とは思えないほどに怯えているように見えた。

狼狽えた様子で上目遣いに見る男と、そんな男を高い位置から見下ろすファティとアルファルドとの違いは、まさに彼らの立場を示している。

「俺は何もしていない。すべては芝という日本人が……」

改めて芝の名前を口にされた刹那、槙の全身が震えた。ファティはそんな槙の様子に気

づいただろう。

「芝については後回しです。問題は貴方がヘイダル乗っ取りについて画策していたことでしょう」

アリームは、口調こそ丁寧だが、語尾の端々から強い怒りのようなものが感じられる。

「そんな大それたことは企《たくら》んでいない。アーデルが勝手に言っていることで……」

アリームの詰問に答えたアルファルドは、そこまで言ってからはっと息を呑む。アリームは肩を竦めつつファティと顔を合わせる。

「やはり裏で動いているのはお前の父親か」

特に驚いたふうもなく呟くファティの言葉にアリームは無言で頷く。

「不肖の上に懲りない父で申し訳ありません」

「今さらだな」

ファティは下げたアリームの肩を叩くと、握られていた短剣を奪った。しかし切っ先はアルファルドに向けたままだ。

「アルファルド叔父《おじ》上」

喉元に短剣を突きつけたまま、ファティはアルファルドに目線の高さを合わせるべくその場に膝をついた。

「こちらの条件をすべて呑むというのであれば、命だけは助けて差し上げます」

「なんでも言うとおりにする。だから、殺さないでくれ」

アルファルドの全身からは、滝のような汗が噴き出していた。民族衣装も傍《はた》で見てわかるほどぐっしょり濡れている。

「ではまずひとつ目。今日あったことは、何があろうとアーデル叔父上には話さないでください」

「ああ、もちろんだ」

「その上で、アーデル叔父上とは、これまでと変わらないつき合いを続けてください」

ファティの言葉の意味が、槙にはわからなかった。それはアルファルドも同様だったらしい。

「どういうことだ？」

短く上げた声が、彼の疑問を語っている。

「さらに、アーデル叔父上とどんな話をしたか、逐一こちらに教えてください。その上で、次にどういう対処をすべきかこちらで教えます。理由を知る必要はありません」

「わ、わかった。でも、思うとおりの展開にならなかった場合は……」

「あらゆる事態に対応するようにこちらでしますので、それについては叔父上が心配する必要はありません」

ファティはまるでアリームのような穏やかな笑みを浮かべ、丁寧な口調でアルファルドに語り続けている。

「万が一、ばれた場合には……」

「大丈夫です」

ファティは顎に添えていた短剣を外し、代わりにアルファルドの肩を叩く。

「そのときには責任を持って我々が対処します」

ファティの口元は笑っていた。だがアルファルドを見る目元はまったく笑っていない。それこそ目だけで殺せそうなほどの鋭さが感じられる。

「……芝のことも、我々に任せてもらいます」

いくつかの条件は素直に呑みつつも、その言葉には、アルファルドは難色を示した。

「それは……」

「仕事については、予定どおり進めていただいて構いません。が、彼の身柄については、こちらにお任せいただきたい」

「そういうことなら」

今ひとつ納得しきれていないようだが、もちろんアルファルドに諾以外の選択肢があるわけもない。

「それから最後に、この別邸を表向き叔父上の所有のまま、お譲りいただきたい」

「ああ、ああ、もちろんだ。使用人ごと、君に謹呈しよう」

「いえ、私ではなく」

　ファティの視線が槇に向けられる。

「槇至宝に」

「何をばかなことを言ってるんですか？」

　驚きに槇は声を上げてしまう。ファティはちらりと槇を見つつも、ふっと笑っただけでアルファルドに向き直った。


「アルファルドについては、以前からずっと動きを監視していた一人でした」

　槇の足枷を鍵を使って外しながら、アリームは今日のことを説明し始める。ファティはかかってきた電話に部屋の外で応じていた。

「とはいえ、アルファルドのような人間は他にもいます。それゆえ、芝がデネボラの誰かと繋がっているのもわかっていましたが、確定できていなかったので泳がせていたのです」

「そうなんだ」

ガチャリと音を立てて枷の外れた足首には、赤く擦れた痕が残っていた。鎖が触れたのか、引きつれるような痛みに無意識に顔を歪《ゆが》めたのに気づいて、アリームがそこになんの躊躇《ちゅうちょ》もなしに舌を伸ばしてきた。

刹那、体の芯が痺れるような感覚が生まれて、槙は慌てて手を引いた。アリームは槙の反応に気づきつつも、あえてそれについて何も言おうとはしない。

「芝とは大学時代からのつき合いがあり、ヘイダルに来た当初は、期待していました。ですが……過度な期待がプレッシャーになったのかもしれません」

アリームは友人の変化を憂いた。

「ですが……槙を招いたことは、彼の最大の功績と言えるでしょう」

「アリームさん……」

「私は貴方の気持ちには応えられません」

槙が何かを言う前に、アリームが先に釘《くぎ》を刺してきた。

「そんなつもりでなかったのであれば、私の先走りで申し訳ありません。私があなたを抱いたのは、あくまでファティのため。ファティが抱くに相応《ふさわ》しい人間か、体か。それを確かめるためであり、それ以上の気持ちもそれ以下の気持ちもありません」

淡々とした口調ではっきりとアリームは言い切った。

「ということは、ファティの命令なら、この先も俺を抱く可能性はあるということですよね？」

「そうですね」

悪びれることなく肯定されても腹は立たない。ファティが言っていたとおりの返事だったからだ。

それを聞いても、槇は思っていたよりショックは受けていなかった。ファティに事前に、アリームの話を聞いていたせいもあるだろう。だがそれ以上に、槇自身の気持ちにもあると思う。

果たして自分は、アリームのことが本当に好きなのかと、自分でもわからなかったせいもある。

何しろ、出会って数日で、相手を知るには時間が足りなすぎる。そんな中でも強烈に惹かれたのは、初日の夜に出会ったファティだったのか、それとも二日目に抱かれたアリームだったのか。

今、アリームと対峙《たいじ》していても、不思議なほど気持ちは穏やかだ。

「待たせてすまない」

電話を終えたファティは戻ってくると、槇の寝かされていたベッドに腰を下ろした。

「芝の行方がわかったのですか？」

アリームはファティの前に戻っていく。

「デネボラの空港にいるところを捕まえたそうだ。今はアルデバランに搬送中らしい」

持っていたスマートフォンを放り投げて、ファティはベッドに仰向けに倒れ込んだ。さすがのファティも疲れたのか。

「至宝」

そして突然に名前を呼ばれる。

「はい」

床にしゃがんだまま、顔だけベッドに寝転がったファティに向ける。

「芝をどうしたい？」

「どうって」

「今回一番の被害者はお前だ。お前のしたいようにしてやる」

ファティは本気だと、槇を振り返ったアリームの目が物語っている。

「よくわかりません」

「何を言っている。俺たちが来るのが少しでも遅れていたら、死んでいたかもしれないのに」

「そう……かもしれません。でも俺は生きているんです」

甘いと言われようとも、それが自分なのだ。

「槇……」

「もちろん、なんらかの罰は必要だと思います。でも具体的に何をしてほしいという希望は、俺にはありません」

だからといって、次にまた芝が自分の前に現れたとき、これまでと同じように接することができるかと問われると、正直自信はない。でもヘイダルプロジェクトにおいて、芝は必要な人間なのは間違いない。

「わかった。では芝の処遇については任せてもらう。いいな？」

「お願いします」

頭を下げた瞬間、ぽたりと落ちてきた滴が、タイルの嵌《は》めこまれた美しい床を濡らす。

気が緩んだのだろう。槇の目から涙が溢れていた。

「どうした？」

「いえ、なんでもありません」

慌てて手で涙を拭《ぬぐ》って顔を上げると、ファティがベッドに起き上がっていた。槇の顔をじっと見つめてから、アリームに視線を移す。

「アリーム。俺は外すから、至宝を慰めてやれ」

そう言ってファティは、ベッドを下りて部屋を出ようとする。

「ファティ……」

呼び止めるアリームに向けられたファティの笑顔が、槇の視界に飛び込んでくる。穏やかで優しい笑顔は、初めて会ったときの気持ちを呼び覚ます。

「元気になったらまた砂漠に連れていってやる。ジアが至宝に会いたがっている」

そう言って前に向き直った男の背中が、急激に遠くなったように思えた。

ファティはきっと二度と槇を抱かない。

理由はないが、確信だった。

「殿下……ファティ！」

頭で考えるよりも前にファティの名前を呼んでいた。

「どうした」

振り返ったファティの笑顔に、槇は我慢ができなかった。

「ジアに会いたいです」

だから訴える。

まだどうしたいのか気持ちが固まっているわけではない。自分の想いも見えていない。

それでもはっきりしていることがある。

ここでただファティを見送ってしまったら、二度と槙に触れない。それが嫌だった。

「だから、そのうちに砂漠に連れていってやると」

「今、貴方の肩にいる鷹に会いたいんです」

槙はぐっと腹に力を入れて訴えるとその場に立ち上がる。

「アルファルドさんに、俺はアスワドだと言われました。殿下も前に、同じことを言いました。この先、ヘイダルを治める人が、そんな俺を手放してもいいんですか？」

半ば試すような言葉をファティに投げかける。

「この国において、黒を意味するアスワドは、国宝でもある宝石を指すと同時に、幸運をもたらすという意味もあります」

アリームが静かに口を開く。

「ファティ。貴方は何か勘違いをされている。私が槙を愛《いと》しく想うのはすべて、ファティの愛する人だからだ。貴方が私を気遣って身を引くと言うのであれば、同時に私も槙から手を引く。それでもいいんですか？」

ファティは己の運命共同体からの言葉に肩を竦める。

「身を引いたつもりはないんだが」

「でも同じことでしょう。そんなの貴方らしくもありません」

アリームは笑いながら槇を振り返る。

「いいじゃありませんか。新しい至宝は、すべてを受け入れた上で貴方を欲している。貴方の愛する自分を受け入れ、私の存在も許容している」

ゆっくりとした足取りでアリームは槇の前までやってくると、背後に回った。そして腰に手を回し、そこを覆っていた布を器用に外していく。

「アリームさん……」

「この宝は貴方のものです、ファティ。貴方のために、私が吟味して、貴方が認めた。体を飾る宝石よりも価値のある男です」

布が外されたことで露わになった下肢に、アリームの手が伸びてくる。

「間違いなくこの男はヘイダルに幸せをもたらします。事実、これまで尻尾《しっぽ》を摑めずにいたアルファルドが我らの手に落ちました。きっとこの先、物事は良いほうに転がっていきます」

もう一方の手が、美しい宝石の首飾りに覆われた胸に触れてくる。無機質なひやりとした感触と人の掌の温もりの差が、もどかしい快感を槙の体にもたらしてくる。

「ファティ」

「ああ、わかった。俺の負けだ。降参だ」

自棄のように言ったファティは、先ほど横たわっていたベッドに戻ってそこに片膝を立てた。

「だが至宝。よく覚えておけ。二度目はない。俺は一度自分のものにしたら、絶対に放り出したりしない。嫌だと言われたようと容赦しない。死ぬまで俺のものだ。それでもいいのか」

笑いながら告げられる言葉に、槙の全身がぶるっと震えた。ファティらしい強い瞳が槙の心を締めつける。獰猛な鷹を思わせる鋭さが、今のファティには漲《みなぎ》っている。

「わかってます。俺はもう、貴方のものです」

アリームに背中を押されて、自分の足でベッドに向かう。近くまで行くと、伸びてきた逞しい腕に摑まれてベッドに引き上げられる。そのまま仰向けに倒され、ファティが伸しかかってきた。

「今日は存分に味わい尽くしてやる。覚悟しろ」

噛みつくような激しいキスを受け入れる槙の下肢に、アリームの手が伸びてきた。

Will you marry me?

見上げた空に輝く星が見えた。

「アルデバラン、か」

そして槇至宝《まきしほう》は呟《つぶや》いた。

アラビア語で「後に続くもの」という意味を持つ、「アッ・ダバラーン」、通称「アルデバラン」だ。

幸運の象徴とされる「アルデバラン」は、紀元前三千年頃のペルシア人に、「アンタレス」、「フォーマルハウト」、「レグルス」と合わせ、王家の星、つまりロイヤル・スターと称されていた。

アルデバランは、東の王であり、秋の支配者とされている。

同時に、砂漠の小さな立憲君主制の国、ヘイダルの首都の名称でもあり、槇の中では違う存在を想像させる言葉もである。

ヘイダルの至宝とされ、征服者の意味を持つ、ファティ・ビン・マフムード・ビン・アブドゥルアジズ・アル・ヘイダル皇子だ。

光の加減で蒼味《あおみ》がかって見える黒い瞳《ひとみ》の奥には、常に強い炎が感じられる。

この国の将来をその双肩に担い、強《したた》かに、そしてしなやかに生きている男のそばには、彼をあらゆる側面から支えている、アリーム・ビン・アーデル・ビン・アブドゥルアジズ・アル・ヘイダルがいる。

ファティの従兄弟《いとこ》であり、皇位継承四位の位置にあるがために、対外的には王位を争っていると思われている。だが幼い頃、ともに遊牧民族のもとで育ったファティとアリームの間には、他の人には想像できないほど強い絆《きずな》が生まれている。

兄弟よりも深く太い繫《つな》がりは、彼ら二人から愛されている槇にも断ち切ることは無理だ。その代わりではないが、どちらか一方を求めることで、二人から求められるという、傍《はた》から見れば歪《いびつ》ながら贅沢《ぜいたく》な関係ができあがっている。

もちろん槇も、この関係が変だというのはわかっている。それでも他の選択肢がなかった以上、受け入れる以外になかったのだ。

槇は今もヘイダルに進出している日本企業の一社員として働きながら、週末には会社で借り上げているマンションではなく、ファティの用意してくれた邸宅へ帰る。そしてファティが誂《あつら》えてくれたこの国の衣装を身に着ける。

かつては自分でできなかった布も、形よく頭に巻けるようになった。

元々ファティの政敵の持ち家だった場所を、槇の希望を聞き入れて改装した家には、空を眺められる大きなバルコニーが設置されている。

そのバルコニーに置かれたベッドに横たわって夜に空を眺めていると、自分が宇宙にいるような錯覚に陥る。それこそ手を伸ばせば、アルバランにすら触れるのではないかと思う。

そう思って無意識に伸ばした手が、槇よりも大きな手に摑《つか》まれる。大きな宝石のついた指輪を嵌《は》めた指に、一本ずつを絡められていく。

「何を見ていた、至宝」

摑んだ槇の指先に口づけながら聞いてくるのは、おとぎ話にでも登場しそうな衣装に身を包んだファティだった。

「星空を」

されるがままに手を預けながら、槇は空を改めて見上げる。

「手を伸ばしたら星に届くかと思って」

「私たちの愛すべき至宝は、ずいぶんとロマンティックなことを言っていますね」

反対側の手をアリームに捕らえられる。

「このまま放置していると、この自由な姫君は、日本の昔話のように、月に還《かえ》ってしまうかもしれませんよ」

「誰《だれ》が姫君だ」

聞いている側が恥ずかしくなる台詞《せりふ》を、真顔でアリームは口にする。

「それに、かぐや姫の知識なんて、どこで仕入れ……」

「なんだ、かぐや姫とは」

ファティは興味津々に、槇の言葉を遮ってアリームに尋ねる。

「日本の童話です」

と、アリームは実にわかりやすく、かぐや姫の概要をファティに説明する。

「なるほど。至宝。俺の嫁になれ」

突然にファティは槇にプロポーズしてくる。

「な、にを、突然に」

話の流れだとわかっていても頰《ほお》が熱くなってしまう。

「駄目だろう。そこで、無理難題をつきつけねば」

「無理ですよ、ファティ。至宝は貴方《あなた》からのプロポーズを真に受けて、照れてしまっているようです」

二人の様子を眺めていたアリームは、一人傍観者然としている。

「別に、真に受けているわけじゃ……」

「どうしてだ？　今さらだろう。すでにお前は俺の嫁なのに」

慌てる至宝の隣で、ファティはさらに恥ずかしい言葉を真顔で紡いだ。

「ファティ！」

おそらく槙は、軽く数センチは飛び上がるほどに驚いた。

「どうしてそんな反応をする？」

「だって、嫁って……」

アリームに救いの目を向けるが、同じように不思議そうな表情をされてしまう。

「私も至宝はファティの嫁だと認識しておりましたが」

この二人と話をしていると、自分の常識がおかしいのではないかと思えてしまう。

「それとも何か。俺以外に結婚したい相手がいるのか？」

「そういうわけじゃありません」

至宝は即座に否定する。

「だったら何も問題はないだろう」

ファティはあっさり言ってのけるが、そういう問題だろうか。

「嫁という言葉が気に食わないのであれば、愛人とでも言ってやろうか？」

より生々しい言葉だが、嫁よりはマシに思えるし、今の自分の立場には相応《ふさわ》しい。

「駄目ですよ、ファティ。それでは至宝の立ち位置が、本宅にあるハーレムの女たちと同じになってしまいます」

「確かにそうだな」

一度納得しかけたファティだったが、アリームの指摘にまた話がややこしくなる。

「ハーレム、あるんですか？」

引っかかったのは至宝も同じだ。

「話してなかったか？」

「知りません」

至宝は強い口調で応じる。

「安心してください、至宝。ハーレムとはいえ名ばかりで、ファティの身の回りの世話をするだけの女たちです。愛人たちが過ごしている場所ではありません」

アリームの説明を聞いてから、それが事実なのかを確認するべくファティに視線を移す。

「本当ですか」

「ああ、アリームの言うとおりだ。何しろ今の俺は、最高にわがままで気が強くて可愛《かわい》いお前の相手をするので精いっぱいだからな」

ファティは不意に、先ほど摑んだままの槇の手に口づけてくる。触れるだけのキスではない、体温がしっかり伝わってくるキスに、全身が一気に熱くなる。

「不安がらなくとも大丈夫だ。俺はお前だけを愛しているよ」

上目遣いに槙を見つめながらの言葉で、さらに体温が上昇する。

「愛してる、って」

頭が沸騰しそうになる。

愛の言葉はいくつもファティから告げられている。だがここまでストレートな言葉を告げられたのは初めてに近い。

「それから」

ファティはどこからか取り出した物を槙の指に嵌めてきた。

「指輪……」

それも大きな宝石が輝いている。宝石には疎い槙にも名称はわかるぐらいだ。

「ファティ。これ何？」

「婚約指輪だ」

「それを言うならファティ、結婚指輪ですよ」

「どっちでもいいだろう。とにかく、俺のものだという所有の印だ」

槙は指にある宝石とファティの顔を交互に眺めるだけで、ファティとアリームの間で交わされる、結婚や婚約という単語には反応しなかった。

「――まさか、アスワド、じゃ」

「さすがに国宝は無理だろう」

ほっと安堵《あんど》する。

「が、その次ぐらいの大きさがある」

「え」

槇は思わず自分の顔から両手を離す。

「なんだ、その反応は。嬉《うれ》しくないのか？」

「嬉しいとか嬉しくないとかそういう話じゃない気が……」

「よくわからんが、とりあえず俺だと思って持っておけ。何かあったときには、これがお前を守ってくれる」

ファティは指輪をした槇の指に舌を伸ばしてくる。ぺろりと嘗《な》められた瞬間、「あ」と小さな声が漏れてしまう。

「至宝」

最初に人差し指を、次に中指、薬指をまとめてファティの口に含まれる。

爪《つめ》の先から指のつけ根までを口腔《こうこう》内で刺激される。

舌全体を押しつけられ、軽く歯を立てられると、それだけで背筋がぞくぞくしてくる。

「ファティ……」

名前を呼んだ口に、アリームの指が差し入れられる。

「んん……っ」

「嘗めてください」

戸惑いつつも、穏やかに笑いながらのアリームの命令には逆らえない。

ファティが自分の指にするように、アリームの指を愛撫《あいぶ》する。舌を使い、歯を使っていると、槇自身も反応してくる。

「んん……っ」

焦《じ》れったい衝動に腰を揺らしていると、ファティの手がそこに伸びてくる。

「少し肌が焼けましたね」

露《あら》わにされる太腿《ふともも》の内側を、アリームが掌《てのひら》でゆっくり撫《な》でていく。

「……っ」

「白い布や艶《あで》やかな宝石が、より似合うようになってきました。でも最も似合うのは、ファティのキスマークでしょう」

アリームの導きに応じ、ファティは槇の指を解放し、唇をそこへ移動させてくる。

露わになった性器にアリームが手を添え、ファティが舌を伸ばしてくる。

上目遣いで槇の反応を確認しながら、弱い場所やいい場所を見つけると、そこへの刺激を強くする。

「ん、ん……っ」

「こちらが疎《おろそ》かになっていますよ」

込み上げる快感に浸っていることは許されない。

アリームの指摘に慌てて舌を動かそうとするが、執拗《しつよう》になるファティの愛撫にまたすぐ翻弄《ほんろう》されてしまう。

「もう無理ですか?」

優しい口調での問いに、槇は目線で応じる。

アリームは指を槇の口から引き抜くと、その指を胸元へ移動させてすでに膨らんでいる乳首を刺激する。

「あ……っ」

堪《こら》えられずに声を上げた瞬間、ファティの口腔内の性器も反応した。ドクンッと大きく脈動すると同時に、あっという間に欲望を迸《ほとばし》らせてしまう。

ファティは槇の愛液を、当然のように一滴も零《こぼ》すことなく飲み干す。

「至宝」

そしてゆっくり槇に己の顔を近づけてくる。

「Will you marry me?」

今さらなプロポーズをするファティのキスを受け入れながら、アリームに胸を愛撫される。歪でも確かに愛されている実感に、槇は瞼《まぶた》を閉じた。

あとがき

小学生のときに読んだとある漫画の影響で、砂漠が好きです。そして鷹をはじめとする猛禽類が大好きです。

初めて砂漠の国を訪れたのは、今から八年前になります。

観光都市として発展したためか、どこかテーマパークのような雰囲気がありつつも、どこまでも広がる砂漠や、地平線に沈む真っ赤な太陽など、何もかもが素晴らしかったです。

思い入れが強いせいもあって、なかなか砂漠を舞台にできず、今回で三本目です。そのうち、本格的に砂漠の国が舞台になっているのは、今回が初めてかもしれません。

さらにこの作品では初めてのことにも挑戦しております。

お読みいただいた方にはお分かりだと思いますが、その試みが上手くいっているか否かは大いに不安です。

少しでも楽しんでいただければ嬉しいです。

挿絵をご担当くださいました、笹原亜美様。ありがとうございました。色気があり格好いいキャラクターたちに、自分の作品ながらドキドキいたしました。素敵なイラストを、本当にありがとうございました。

担当様とは、デビュー数年後にお世話になって以来、久しぶりのお仕事となりました。にもかかわらず、大変大変ご迷惑をおかけしてしまい申し訳ありませんでした……。今後ともよろしくお願いいたします。

この本をお手に取ってくださいました皆様へ。繰り返しになりますが、少しでも楽しんでいただけたなら嬉しいです。

また次の本でお会いできますように。

平成二十八年　ふゆの仁子　拝

着飾らせたりキラキラさせたりと、非常に楽しく描かせて頂きました。
三人の何とも言えない関係性にたぎります…‼
モロッコランプがたくさん吊り下げられた部屋で鷹とお昼寝でもしてみたいです。

ふゆの仁子先生、担当様、読者の皆様
ありがとうございました!

本作品は書き下ろしです。

ラルーナ文庫

この本を読んでのご意見・ご感想・ファンレターなどお待ちしております。〒110-0015 東京都台東区東上野5-13-1 株式会社シーラボ「ラルーナ文庫編集部」気付でお送りください。

双頭《そうとう》の鷹《たか》と砂漠《さばく》の至宝《しほう》

2016年4月7日　第1刷発行

著　　　者｜ふゆの 仁子《じんこ》

装丁・DTP｜萩原 七唱

発　行　人｜曺 仁警

発　行　所｜株式会社 シーラボ
〒110-0015　東京都台東区東上野 5-13-1
電話　03-5830-3474／FAX　03-5830-3574
http://lalunabunko.com

発　　　売｜株式会社 三交社
〒110-0016　東京都台東区台東4-20-9　大仙柴田ビル2階
電話　03-5826-4424／FAX　03-5826-4425

印 刷・製 本｜シナノ書籍印刷株式会社

ISBN978-4-87919-891-4